剣客春秋親子草

遺恨の剣

鳥羽 亮

剣客春秋親子草

遺恨の剣

【主な登場人物】

千坂彦四郎《ちさかひこしろう》——一刀流《いっとうりゅう》千坂道場の道場主。若いころは放蕩《ほうとう》息子であったが、千坂藤兵衛と出逢い、剣の道を歩む。藤兵衛の愛娘《まなむすめ》・里美と世帯をもち、千坂道場を受け継ぐ。

里美《さとみ》——父・藤兵衛に憧れ、幼いころから剣術に励み、「千坂道場の女剣士」と呼ばれた。彦四郎と結ばれ、一女の母となる。

千坂藤兵衛《とうべえ》——千坂道場の創始者にして一刀流の達人。早くに妻を亡くし、父娘の二人暮らしを続けていたが、縁あって彦四郎の実母・由江と夫婦《めおと》となる。

由江《よしえ》——料亭「華村《はなむら》」の女将《おかみ》。北町奉行と理無《わりな》い仲となり、彦四郎をもうける。

目次

第一章　人攫い

1

メーン！

お花《はな》が踏み込みざま、面《めん》に打ち込んだ。

バシッ、という音がし、里美《さとみ》の竹刀《しない》がたたかれて下がった。お花は、母親の里美が水平に差し出した竹刀を、面にみたてて打ち込んだのだ。

お花はまだ七歳（数え歳《どし》）だった。腕を伸ばしても、大人のかぶった面を打つことはできない。それで、里美がお花にも打てる高さに竹刀を差し出し、それを打たせていたのである。

お花は、銀杏返《いちょうがえ》しに結う年頃だったが、まだ頭頂の髪を芥子坊《けしぼう》にしたまま頭髪を伸ばし、無造作に後ろで束ねているだけだった。それでも、お花は可愛かった。黒《くろ》眸《め》がちの目は澄み、色白のふっくらした頰《ほお》をしていた。
いま、お花の色白の頰が朱を刷《は》いたように紅潮し、熟れた桃のように染まってい
る。
そこは、神田豊島町《かんだとしまちょう》にある一刀流、千坂《ちさか》道場だった。道場主は千坂彦四郎《ひこしろう》、お花
の父親であり、里美の夫である。
彦四郎は師範代の永倉平八郎《ながくらへいはちろう》とともに道場のなかほどで、若い門弟たちと木刀の
素振りをしていた。午後の稽古《けいこ》を終えた後、残り稽古をしていたのである。
「花、背筋を伸ばして──」
里美が、お花に声をかけた。面に打ち込むとき、お花の体が前のめりになるので、
注意したのだ。
里美は二十代半ば、ちいさめに丸髷《まるまげ》を結い、額に白鉢巻きで汗止めをしていた。
襷《たすき》で小袖の袖を絞っている。竹刀を手にした姿は男のように勇ましいが、お花が生
まれる前までは髷も結わず、髪を後ろで束ね、紺の刺子《さしこ》の筒袖に黒袴《くろばかま》姿で、男の門
弟と同じ恰好《かっこう》をしていたのだ。
いまでも、里美は武家の妻らしく眉《まゆ》を剃《そ》ったり、鉄漿《かね》をつけたりしなかった。里

美は道場主の子供として、道場を遊び場にして育った。そのせいか、彦四郎の妻になったいまも鉄漿をつけたり、化粧したりすることを好まなかった。

ただ、ちかごろは門弟たちと稽古をすることはなく、お花の稽古相手をするだけである。

「はい！」

お花は里美が手にした竹刀から二間《けん》ほどの間合をとると、短い竹刀を青眼《せいがん》に構えた。

お花の手にした竹刀は、定寸《じょうすん》より短かった。二尺ほどしかない。大人の遣う竹刀はお花には重すぎて遣えないので、彦四郎が割竹を短く切って、お花のために作ってやったのである。

お花は、ツツッ、と摺《す》り足で、里美の手にした竹刀に近付き、メーン！　という声を発して打ち込んだ。

「背筋が伸びていました。いい姿勢ですよ」

すぐに、里美が声をかけた。

「母上！　もう一度」

お花は嬉《うれ》しそうな顔をし、里美が手にした竹刀の前に立った。

それから小半刻《こはんとき》（三十分）ほど、お花は里美を相手に、面だけでなく胴や籠手《こて》打ちの稽古をつづけた。胴や籠手打ちの稽古は、実際に里美が防具を付け、それを打たせるのである。

里美はお花の顔に汗が浮き、息が荒くなってきたのを目にすると、

「花、今日の稽古は、これまでにしましょう」

と言って、竹刀を下ろした。

里美は、お花に無理をさせなかった。まだ幼子といえるお花に、稽古は苦しく辛《つら》いものだ、と思わせたくなかったのである。

「はーい」

お花は竹刀を左手にとって腰の脇に収めると、里美に頭を下げた。

里美はお花に、道場内での稽古のおりは、他の門弟と同じように師弟の礼を守らせていたのだ。

彦四郎と永倉が指南していた若い門弟たちの残り稽古も終わった。十人ほどの門弟は、稽古場の脇にある着替えの間に自分の防具を置きに行き、もどってきて掃除

を始めた。千坂道場では、入門の新しい門弟たちが掃除をすることになっていた。

道場内が急に賑《にぎ》やかになった。若い門弟たちは稽古から解放されたこともあって、雑巾《ぞうきん》がけをしながらおしゃべりを始めたのだ。

お花も、若い門弟たちといっしょになって、雑巾がけを始めた。もっとも、お花の場合は門弟たちから離れ、道場の隅の方を拭《ふ》いている。

そのとき、彦四郎が若い門弟たちのなかでは年嵩《としかさ》の川田《かわた》清次郎《せいじろう》を呼んで、

「川田、坂口が稽古を休んでいるが、何かあったのか」

と、訊《き》いた。若い門弟の坂口綾之助《あやのすけ》が、ここ三日、稽古に姿を見せなかったので、彦四郎は気になっていたのだ。

「何も、聞いていませんが」

川田が答えた。

すると、近くにいた若林信次郎《わかばやししんじろう》が、足早に彦四郎に歩み寄り、

「お師匠、坂口は道場からの帰りに、うろんな武士に跡を尾《つ》けられたと聞きました。それで、稽古を休んでいるのかもしれません」

と、昂《たかぶ》った声で言った。

川田も若林も、御徒町《おかちまち》に屋敷のある御家人の子弟である。

「跡を尾けられたと。……どういうことだ」

彦四郎が訊いた。

「ふたりの武士に跡を尾けられ、八丁堀まで逃げ帰ったそうです」

綾之助の父親の坂口主水《もんど》は、北町奉行所の臨時廻り同心だった。それで、八丁堀にある同心の組屋敷に住んでいる。遠方だが、綾之助は八丁堀から通っていたのである。

綾之助が千坂道場に通うようになったのには、理由があった。父親の坂口主水は若いころ、千坂道場の門弟だったのだ。それで、子供の綾之助も千坂道場に通わせる気になったらしい。

父親の坂口が門弟だったころ、道場主は里美の父親の千坂藤兵衛《とうべえ》であった。藤兵衛は老齢になったため、娘婿の彦四郎に道場を継がせたのだ。

彦四郎が川田や若林と話していると、掃除をしていた木村助三郎《きむらすけさぶろう》、笹倉欣之助《ささくらきんのすけ》、佐原欽平《さはらきんぺい》などが集まってきた。お花や師範代の永倉までが近寄り、彦四郎のまわりに輪をつくった。

「お師匠、知ってますか、柳原《やなぎわら》通りで、人攫《ひとさら》いがあったのを」

笹倉が小声で言うと、脇にいた佐原が、

「おれも、聞いてるぞ」

と、身を乗り出すようにして言った。

「人攫いの話は、聞いてないが……」

彦四郎は首をひねった。人攫いと綾之助とがどうかかわっているのか、彦四郎には分からなかった。

「馬喰町《ばくろちょう》の黒崎屋《くろさきや》を知ってますか」

佐原が訊いた。

その場に集まった門弟たちの目が、いっせいに佐原に集まった。

「太物《ふともの》問屋か」

日本橋馬喰町に、黒崎屋という太物問屋の大店《おおだな》があった。

「そうです。黒崎屋の七つになるおよしという娘が、いなくなったそうです。人攫いに連れていかれたとか神隠しに遭ったとか、色々噂《うわさ》されています」

佐原がうわずった声で言った。門弟たちに注目されて、緊張したらしい。

佐原がつづけて話したことによると、およしは女中といっしょに近所の小間物屋へ出かけた帰りに、女中が目を離した隙《すき》にいなくなったという。

「佐原、黒崎屋の娘が人攫いに遭った話と、綾之助が道場を休んでいることと、何かかかわりがあるのか」

彦四郎には、かかわりがあるようには思えなかった。

「坂口が話してましたが、黒崎屋のおよしが攫われたとき、ふたりのうろんな武士に跡を尾けられていたらしいのです。それで坂口も、人攫い一味に狙《ねら》われているのではないかと、怖がってました」

佐原が言うと、

「おれも、坂口から話を聞きました」

木村が脇から言い添えた。

おそらく、綾之助は、黒崎屋の娘が攫われたとき、うろんな武士に跡を尾けられていたという話を父親の坂口から聞いたのであろう。坂口は、黒崎屋の娘が攫われた件の探索にあたっているにちがいない。

「うむ……」

彦四郎は、まだ腑《ふ》に落ちなかった。坂口を尾けたというふたりの武士が、人攫いとは思えなかったからだ。それに、綾之助は八丁堀同心の子である。その綾之助を、攫う者がいるだろうか。

「おれも、綾之助が人攫いに遭ったとは思えんぞ。それより、掃除だ」

永倉が大声で言った。

その声で、門弟たちの綾之助の話は終わった。

「…………」

彦四郎は、掃除を始めた門弟たちに目をやりながら、明日にも八丁堀に足を運び、父親の坂口に綾之助の様子を聞いてみようと思った。人攫いの話はともかく、綾之助は病に臥《ふ》せっているのではあるまいか――。

2

翌日、彦四郎は朝稽古が終わった後、永倉とふたりで一刀流の型稽古を始めた。

彦四郎も永倉も、門弟に稽古をつけているだけでは、自分たちの腕は上がらないと自覚し、門弟たちの稽古が終わった後、ふたりで稽古をすることが多かった。彦四郎も永倉も、まだ三十がらみだった。さらに、稽古を積んで腕を上げねばならない歳である。

型稽古は木刀を遣い、打太刀《うちだち》（指導者）と仕太刀《しだち》（学習者）に分かれ、一刀流のさまざまな刀法を決まった動きのなかで身につける稽古である。

「永倉、まず、打ち落としからやるか」

「おお」

永倉が声を上げた。

永倉は、彦四郎に対して門弟たちの前では門人らしい言葉遣いをするが、同じ年頃のせいもあって、ふたりだけになると朋友のような口振りになる。

永倉は偉丈夫だった。肩幅がひろく、どっしりと腰が据わっている。眉や髭《ひげ》が濃く、大きな鼻をしていた。厳《いか》つい顔だが、どことなく愛嬌《あいきょう》があった。丸い目が、悪戯《いた》小僧《ずら》を連想させるからかもしれない。

永倉は陸奥国畠江藩《むつのくにはたえはん》の江戸勤番の藩士だった。町宿《ちょうしゅく》に住み、数年前から千坂道場に通っていた。国許《くにもと》にいるときから一刀流を修行しており、千坂道場では出色の遣い手だった。彦四郎は永倉の腕を見込み、道場主になるとき、師範代を頼んだのである。

もっとも、江戸勤番の藩士である永倉を師範代に頼むまでには、紆余曲折《うよきょくせつ》があった。

千坂道場の門弟になる前、永倉は道場の近くで五人の武士にとりかこまれ、あわやという状況になった。そこへ、門弟から話を聞いた彦四郎が駆け付けて、永倉を助けた。それが縁で、永倉は内弟子として道場内に仮寓するようになり、彦四郎だけでなく里美やお花とも親しくなった。

そうしたなか、永倉は国許から同行した若い藩士と敵討ちに江戸に来ていることが知れた。彦四郎が助勢したこともあって、永倉たちは見事敵を討つことができた。

その後、永倉は帰参したが、藩に願い出て江戸勤番となり、おくめという妻女を連れて出府し、あたらめて千坂道場の門弟になったのだ。

永倉は国許にいるときは勘定方だったが、江戸では先手組《さきてぐみ》になった。先手組は合戦時は攻撃隊だが、ふだんは城の守衛や見回りなどを行っている。江戸と国許の連絡役《つなぎ》も兼ねている。

ただ、永倉は藩内で剣の遣い手として知られ、見事敵討ちを果たして帰参したこともあって、千坂道場に通うことが許されていた。それに、重臣たちの間には、永倉をいずれ藩の剣術指南役に就かせたい、という思惑もあるようだった。

「いくぞ」

彦四郎は青眼に構えた。隙のない構えで、剣尖《けんせん》がぴたりと永倉の目線につけられていた。彦四郎が打太刀である。対する永倉は、脇構えにとった。永倉が仕太刀である。まず、永倉が脇構えからの打ち落としを稽古するようだ。

永倉は摺り足で間合をつめ、一足一刀《いっそくいっとう》の斬撃《ざんげき》の間境《まざかい》に踏み込むと、すかさず彦四郎が、青眼から永倉の胸を突く気配を見せた。

永倉は彦四郎の動きにはかまわず、脇構えから木刀を振りかぶり、踏み込みざま面を打ちに行った。

彦四郎はすばやい動きで、木刀を下段にとって身を引いた。すると、永倉は間合をつめながら彦四郎の木刀を打ち落とし、切っ先を彦四郎の腹にむけたまままさらに攻めた。

彦四郎は、たまらず間合をとって振りかぶろうとした。

その一瞬の隙をとらえ、永倉が踏み込んで、彦四郎の右籠手を打った。むろん、手の内を絞って、切っ先が籠手を打つ前に木刀をとめている。

「見事だ！」

彦四郎が声を上げて、木刀を下ろした。

永倉の動きは迅《はや》く、間合のとり方も絶妙だった。永倉は見事に彦四郎の右籠手をとらえたのである。

型稽古では、仕太刀と打太刀の動きが決まっている。打ち落としの太刀の場合も、学習者である仕太刀が右籠手を打つことは決まっているのだが、両者の動きが正確で、間合がうまくとれなければ、籠手を打つことはできない。

「次は、おれが仕太刀だ」

彦四郎が言った。

「承知」

ふたりは対峙《たいじ》すると、彦四郎が脇構えにとり、永倉が青眼に構えた。

そのときだった。道場の戸口で足音がし、つづいて、「どなたかおられるか」と男の声が聞こえた。

「だれか、来たようだ」

彦四郎は構えをくずした。

ふたりは木刀を手にしたまま戸口にむかった。戸口に立っていたのは、坂口主水だった。坂口は八丁堀同心らしく、黄八丈《きはちじょう》の小袖を着流し、羽織の裾を帯に挟む巻羽織と呼ばれる恰好をしていた。

「若師匠に、永倉どの、稽古中でしたか」

坂口が彦四郎たちの手にしている木刀を目にして訊いた。

坂口は彦四郎のことを若師匠と呼んでいた。いまでも、自分が門弟だったころ道場主だった藤兵衛のことをお師匠と呼んでいる。

「実は、倅《せがれ》のことで……」

坂口が眉を寄せて言った。

「ともかく、上がってください。午後にも、八丁堀にうかがうつもりでいました」

彦四郎は、午後八丁堀へ行き、坂口から綾之助のことを訊くつもりでいたのだ。

彦四郎、永倉、坂口の三人は、道場のなかほどに座した。まだ、道場内には門弟たちが残した汗の臭《にお》いと稽古の余韻が残っている。

「日頃、綾之助がお世話になっております」

そう言って、坂口は彦四郎と永倉に目をむけて頭を下げた後、

「ここ何日か、倅には稽古を休ませました」

と、小声で言った。坂口の顔を憂慮の翳《かげ》がおおっている。

「病ですか」

彦四郎が訊いた。

「いえ、綾之助は元気でして……。本人は稽古に来たがっているのですが、それがしが休ませたのです」

坂口が言いにくそうな顔をした。

「なぜです」

そのとき、彦四郎は若林が、綾之助がうろんな武士に尾けられたと話したことを思い出したが、口にしなかった。

「綾之助が武士に、二度、尾けられたと聞き、しばらく休ませることにしたのです」

「…………！」

やはり、人攫い一味とかかわりがあるのだろうか。

永倉も、口をつぐんだまま坂口に目をむけている。

3

「若師匠は、人攫いの話を耳にしておられますか」

坂口が声をあらためて彦四郎に訊いた。

「門弟から聞きましたが」

綾之助を休ませているのは、人攫いとかかわりがあるようだ、と彦四郎は思った。

「実は、それがし、人攫い一味を探索しているのです」

坂口が小声で言った。町奉行所の臨時廻り同心なら、当然事件の探索に当たるだろう。坂口の双眸《そうぼう》には、やり手の八丁堀同心らしい鋭いひかりが宿っていた。

「…………」

彦四郎は、無言で坂口の次の言葉を待った。

「ふたりの子供が攫われ、身の代金を奪われたようです」

坂口によると、ふたりとも大店のひとり娘で、人攫い一味に多額の金を要求されたようだが、はっきりしないという。それというのも、親たちは、町方に話すと娘の命はないと脅されているらしく、坂口たち町奉行所の同心にも、娘のことはそっとしておいてください、と言うばかりで、話をしないという。

「黒崎屋の他にも、攫われたのですか」

彦四郎は、佐原たちが口にした黒崎屋の件だけだろうと思っていたのだ。

「他にもいるかもしれない」

子供を人質にとられている親は子供の命が危うくなるのを恐れ、町方に話さないので、分からないことが多いという。

「人攫い一味は、大勢かもしれないな」

彦四郎は、人攫いといってもひとりやふたりの犯行ではなく、大勢の者がかかわっているような気がした。

「それがしも、人攫い一味は大勢いるとみています。それに、一味には腕のたつ武士がくわわっていて、探索にあたっている者やその家族が襲われているのです」

坂口によると、岡っ引きがひとり斬殺され、坂口と同じ北町奉行所の定廻《じょうまわ》り同心の倅が襲われて深手を負ったという。

「御番所（奉行所）の同心の子が、襲われたのですか」

おもわず、彦四郎が聞き返した。

「定廻りの者の子で、十二になる嫡男です」

町奉行所内で、犯罪の探索や捕縛に当たるのは、定廻り、臨時廻り、隠密廻りの同心たちである。ただ、隠密廻りは、その名称どおり、奉行の指示にしたがい隠密裡《り》に探索に当たるので、市井で起こる犯罪に直接あたることはすくない。それに、隠密廻りの同心は南北の奉行所にそれぞれふたりずつしかいないので、どうしても市井で起こる事件の大半は、定廻りと臨時廻りの同心があたることになる。その定廻りの同心の嫡男が、襲われて深手を負ったという。

「襲われた定廻りの子も、武士に跡を尾けられた後、襲われたらしいのです。それで、綾之助も念のために……」

坂口は言いにくそうに語尾を濁した。

「人攫い一味は、何のために御用聞きや御番所の同心の子を襲うのです」

彦四郎が訊いた。

「町方に事件を探らせないためです。脅しですよ。事件を探れば、本人も家族の命もないと、脅しているのです」

坂口が顔をしかめて言った。

つづいて口をひらく者がなく、道場内は重苦しい沈黙につつまれたが、

「分かりました。綾之助は、人攫い一味に襲われる懸念がなくなってから、通わせてください」

彦四郎が言った。彦四郎も子を持つ親として、綾之助の稽古を休ませたい、という坂口の気持ちが分かった。それに、人攫い一味が何者か分からないだけに、綾之助を通わせて欲しいとは言えなかったのだ。

坂口はいくぶん表情をやわらげ、

「お師匠は、華村《はなむら》におられるのですか」

と、小声で訊いた。

「ときどき、ここにも顔を出しますよ」

彦四郎が照れたような顔をして言った。

華村は、柳橋にある料亭だった。藤兵衛は華村の女将《おかみ》の由江《よしえ》といっしょになって、

いまは華村に住んでいた。それでも、ときどき道場には顔を出し、彦四郎や門弟たちの稽古に目をやっている。

彦四郎は、華村の由江の子だった。後に北町奉行になった大草安房守高好《おおくさあわのかみたかよし》との間に生まれた隠し子である。それで、彦四郎は料亭の女将の子に生まれながら、武士として育てられたのだ。

彦四郎が生まれて間もなく、大草は町奉行に就任したこともあって、まったく華村に顔を出さなくなった。そのため、彦四郎は大草の顔を見ることもなく育った。彦四郎は大草を自分の父親と知ってはいたが、父親という思いはまったくなかった。親は由江ひとりと思っている。それで、彦四郎は里美といっしょになったおりも、躊躇《ちゅうちょ》なく千坂姓を名乗ったのだ。

一方、藤兵衛は由江といっしょになり、彦四郎と入れ替わるように華村に入った。藤兵衛や里美は由江を独りにできなかったこともあるが、藤兵衛と由江がいっしょになったのには、それなりの理由があった。

以前から、藤兵衛は、彦四郎や華村が難事に遭ったときに親身になって助けてきた。そうしたなかで、藤兵衛は由江と心を通じ合う仲になっていたのだ。

「お師匠にも、よろしくお伝えください」

そう言い残し、坂口は腰を上げた。

彦四郎と永倉は坂口を送り出した後、道場にもどり、木刀を手にしたが、

「やる気が失《う》せたな」

永倉が言った。

「まったくだ」

彦四郎も木刀を構える気にならなかった。

「それにしても、人攫い一味が、八丁堀同心の子を襲うとはな」

永倉は驚いたような顔をしている。

「綾之助も、襲われるかもしれんぞ」

綾之助は、武士に二度も跡を尾けられたという。その武士は、綾之助を襲おうとしていたのではあるまいか。坂口も、それを察知したからこそ、道場を休ませる気になったのだろう。

「このままでは、済みそうもないぞ。坂口どのは、探索をつづけるはずだ」

永倉が言った。

「そうだな」

彦四郎も、坂口は人攫い一味の探索をやめないだろうと思った。

4

坂口が千坂道場に来た三日後、藤兵衛がひょっこり道場に姿を見せた。午後の稽古が始まる前である。

千坂道場の稽古は、朝が五ツ（午前八時）から四ツ半（午前十一時）ごろまでで、午後は八ツ半（午後三時）から一刻（二時間）ほどということになっていた。ただ、午後の稽古は門弟にまかされ、道場をあけておくので、勝手に来て稽古をしてもよいという程度である。そうはいっても、道場主や師範代も出るので、朝稽古と同じような稽古が行われることもすくなくない。

藤兵衛は道場にいた彦四郎に、

「里美とお花は、どうしたな」

と、小声で訊いた。いつもとちがい、藤兵衛は浮かぬ顔をしていた。

「母屋にいますが」

彦四郎や里美たちの住む家は、道場の裏手にあった。短い渡り廊下で、道場とつながっている。

「すまぬが、いっしょに母屋に来てくれんか。ちと、相談がある」

　藤兵衛が声をひそめて言った。

「分かりました」

　彦四郎は、道場にいた永倉に稽古のことを頼み、藤兵衛とともに母屋にむかった。

　里美とお花は、庭に面した座敷にいた。

「爺々《じじ》さまだ！」

　お花が、藤兵衛を目にして声を上げた。

「おお、花か。元気そうだな」

　藤兵衛は、目を糸のように細めて笑みを浮かべた。

　藤兵衛は還暦にちかい老齢だった。鬢《びん》や髷は白く、顔の皺《しわ》も目立つ。丸顔で目が細く、野辺の地蔵のようなおだやかな顔をしていた。

　ただ、体付きはちがう。長年、剣術の稽古で鍛え上げた体である。首が太く、胸が厚かった。腰も、どっしりとしている。藤兵衛は少年のころからこの歳になるまで、剣一筋に生きてきた男である。

お花は藤兵衛の脇に来て座り、嬉しそうな顔をして横顔を見上げている。藤兵衛はお花を可愛がっているので、お花も藤兵衛に懐《なつ》いていた。

「父上、何かありましたか」

里美が訊いた。藤兵衛が、うかぬ顔をしているのを見てとったようだ。

「実は、藤田屋《ふじたや》の源次郎《げんじろう》どのが、華村に顔を見せてな。……孫娘のお菊《きく》のことで、内密に相談されたのだ」

藤兵衛が声をひそめて言った。

藤田屋は、本所相生町《ほんじょあいおいちょう》にある米問屋の大店だった。藤田屋は藤兵衛の妻のおふくが生まれ育った家である。源次郎はおふくの兄で、藤兵衛の義兄にあたる。

藤兵衛の実家の千坂家は八十石の御家人で、藤兵衛は次男だった。冷や飯食いに生まれた藤兵衛は、何とか剣で身をたてようと、一刀流中西派の道場に通い、熱心に稽古に励んだ。

藤兵衛は三十近くまで剣一筋に生きてきたが、出仕はかなわず、相応の身分の家の婿になることもできなかった。

そのようなおり、浅草寺《せんそうじ》の境内《けいだい》で遊び人ふうの男にからまれているおふくを助けたことが縁で、ふたりは心を通わせるようになった。

当初、千坂家も藤田屋も、武家と商家の娘がいっしょになることに反対したが、ふたりがどうしてもいっしょになりたいと言い張り、やむなく両家とも認めたのである。

ところが、いっしょになっても、ふたりには食っていく術《すべ》がなかった。そこで、おふくの父親の茂兵衛《もへえ》が、餞《はなむけ》として藤兵衛のために剣術道場を建ててやった。それが、豊島町にある千坂道場である。

その後、藤田屋の茂兵衛は死に、跡を継いだ源次郎も隠居の身になった。いまは、源次郎の嫡男の惣太郎《そうたろう》が藤田屋を継いでいる。その惣太郎のひとり娘が、お菊だった。まだ十歳の子供である。

「お菊ちゃんに、何かあったのかしら」

里美が心配そうな顔をして訊いた。

藤田屋は母親の実家だったので、里美も何かあると出かけ、お菊のこともよく知っていた。

「それが、何者かに連れていかれたらしいのだ」

藤兵衛が声をひそめて言った。

暮れ六ツ（午後六時）前、お菊は店の脇で遊んでいたが、いつの間にかいなくなったという。

「人攫いでは！」

思わず、彦四郎が声を上げた。

「そうかもしれん」

藤兵衛の顔が苦悶《くもん》にゆがんだ。

次に口をひらく者がなく、座敷は重苦しい沈黙につつまれた。

すると、お花が藤兵衛の袖をつかんで引っ張りながら、

「お菊ちゃん、人攫いに連れていかれたの」

と、眉を寄せて訊いた。お花も、里美といっしょに藤田屋へ出かけたとき、お菊と遊んだことがあり、お菊のことを知っていたのだ。

「花、まだ分からないの。お菊ちゃん、近所に遊びに行っただけかもしれないし

……」

里美は、「花、道場で剣術の稽古をしましょう」と言って腰を上げた。里美は、この場にお花がいては、男たちの話の邪魔になると思ったらしい。

「剣術の稽古をする」

お花は、すぐに立ち上がった。お花は、母親といっしょに剣術の稽古をするのが好きだった。

里美とお花が座敷から出ていくと、

「それで、源次郎どのは、義父上《ちちうえ》に何を相談されたのですか」

彦四郎が訊いた。

「源次郎どのは町方に相談できず、これからどうしたらよいか、わしの考えを聞きたかったようだ。源次郎どのの話では、お菊を攫った者たちから、町方に話せばお菊の命はないと脅されたそうだ」

藤兵衛が眉を寄せて言った。

「それでな。いまは町方に知らせず、攫った者たちが何を言ってくるか、待つしかあるまい、とだけ言っておいたのだ」

「義父上、道場にも似たような話があります」

彦四郎はそう前置きし、綾之助が道場を休んでいること、坂口から聞いたことなどをひととおり藤兵衛に話した。

「どうやら、人攫いはひとりやふたりではないようだ。武士もくわわっているようだし、迂闊《うかつ》に動けんな」

藤兵衛が言った。

「義父上、それがしも使ってください」

彦四郎は、綾之助のこともあり、他人《ひと》ごととは思えなかったのだ。

「彦四郎にも頼むときがあるかもしれんが、いまは動かない方がいいな。一味がどう出るか、みてからだ」

「分かりました」

「彦四郎、お花にも気をつけろよ。……綾之助にまで一味の手が伸びているとすれば、お花も狙われるかもしれん」

「はい」

彦四郎が、顔をけわしくしてうなずいた。

5

藤兵衛が千坂道場に出かけた三日後だった。華村に、藤田屋から使いが来た。与《よ》作《さく》という下働きである。

与作は藤兵衛の顔を見ると、

「藤兵衛さま、すぐに藤田屋に来てくだせえ」

と、震えを帯びた声で言った。与作は、五十がらみだった。小柄で、浅黒い顔をしている。

「何かあったのか」

「あっしには、何があったか分からねえが、ご隠居さんに、藤兵衛さまをお呼びするように言われてきやした」

与作も、お菊が攫われたことは知っているようだ。源次郎に、口どめされているのだろう。

「分かった。すぐ、行く」

藤兵衛は、お菊のことで何か動きがあったにちがいないと思った。

藤兵衛は帳場にいる由江に、所用で藤田屋まで出かけてくる、とだけ伝え、与作とふたりで藤田屋にむかった。

藤田屋は、本所相生町の竪川縁《たてかわべり》にあった。二階建ての土蔵造りの店で、裏手には白壁の土蔵もある。界隈《かいわい》では、目を引く米問屋の大店である。

店先の暖簾《のれん》をくぐると、番頭の益蔵《ますぞう》が藤兵衛を目にし、

「千坂さま、お待ちしていました。お上がりになってくださいまし」

そう言って、帳場の奥の座敷に案内した。

藤兵衛が座敷に腰を下ろすと、すぐに廊下をせわしそうに歩く足音がし、源次郎とあるじの惣太郎が顔を出した。ふたりの顔はこわばり、肌が土気色《つちけ》をしていた。昨夜《ゆうべ》は眠れなかったらしく、不安と疲労の翳《かげ》がふたりの顔をおおっている。

源次郎と惣太郎は腰を下ろすと、

「お、お呼びだてして、申し訳ありません」

源次郎が、声をつまらせて言った。

「わしのことは、気にしなくていい。……それより、何があったか話してくれ」

「は、はい……。昨日、ふたりの男が店に来まして、お菊を帰して欲しいなら金を出せと言って」

惣太郎が困惑したような顔をして言った。三十がらみ、恰幅がよく、絽羽織《ろばおり》に子持ち縞《じま》の小袖姿だった。大店の旦那《だんな》らしい身装《みなり》だが、落ち着きがなく、体が小刻みに顫《ふる》えている。

「武士か」

藤兵衛が訊いた。

「牢人《ろうにん》ふうの武士と、遊び人ふうの男でした」

惣太郎によると、武士は総髪で、小袖に袴姿だったという。

「牢人か」

藤兵衛は坂口や川田たちから、綾之助を尾けたのは武士とだけ聞いていたが、どうやら牢人のようである。

「それで、金をどれほど出せと言ったのだ」

藤兵衛が声をあらためて訊いた。

「に、二千両で、ございます」

惣太郎の声が震えた。

「二千両とな！」

藤兵衛も驚いた。いかに米問屋の大店とはいえ、二千両は大金である。それにしても、ふっかけたものである。

「それで、どう答えたのだ」

「とても、二千両の金は出せません。それで、二百両ほどなら店の金を掻《か》き集めれば、なんとかなる、と申しましたら、二百両ではどうにもならん。十日ほどしたら取りに来るから用意しておけ、そう言い置いて帰りました」

米問屋の大店といっても、蔵前などにある米問屋や蔵宿などとちがって商いの規模はちいさく、それほどの財力はないのだ。

「そのとき、お菊を連れてくると言ったのか」

「いえ、二千両渡せば、後日帰すと言っただけです」

「信用できんな」

さらに、金を要求するかもしれないし、お菊を帰さずに、女郎屋に売り飛ばすかもしれない。

「…………」

惣太郎と源次郎は、困惑したような顔をして口をつぐんでいる。

「ふたりが、他に言ったことは」

藤兵衛が訊いた。

「町方に話せば、娘の命はないと言いました」

惣太郎が言うと、

「と、藤兵衛どの、何とか、お菊の命を助けてくだされ」

源次郎が、しゃがれ声を震わせて訴えた。

「うむ……」

助けてくれ、と言われても、いまはどうにもならない、と藤兵衛は思った。

源次郎と惣太郎は苦悶に顔をゆがめ、縋《すが》るような目を藤兵衛にむけている。

「ともかく、お菊を助け出すまでは、迂闊に手は出せないな。……それで、十日ほどしたら、二千両の金が用意できるのか」

藤兵衛が訊いた。

「二千両は、とても無理です。五百両ほどなら、なんとか……」

惣太郎が、声を震わせて言った。

「ならば、五百両しか集まらなかったと正直に話して、ひとまず五百両を渡すしかないが、ただで渡すことはないな」

藤田屋が十日以内に二千両の金を集めるのは無理だろう、と藤兵衛は思った。

「どうすれば、よろしいんでしょうか」

「お菊を本当に監禁しているかどうか、お菊の身につけた物を何か見せてくれ、と言ってな。五百両は、そのとき渡すと言えばいい」

藤兵衛は、一味の者が店を出た後、跡を尾ければ、お菊の監禁場所が分かるのではないかとみた。

「そんなことをして、お菊に危害をくわえるようなことはないでしょうか」

惣太郎が不安そうな顔をして訊いた。

「一味にとって、お菊は大事な金蔓《かねづる》だ。金を手にするまでは、怪我《けが》を負わせたり殺したりは、しないはずだ」

「五百両渡せば、お菊を帰してくれるでしょうか」

「どうかな。……帰すまいな」

藤兵衛は、五百両で帰すとは思えなかった。いや、二千両を渡しても、帰さないかもしれない。お菊は、子供だが一味の者の顔を見ているだろうし、監禁場所も覚えているだろう。人攫い一味にとって、子供を帰すことは、自分たちの首を絞めることにつながるのだ。

「ど、どうすれば、いいんで……」

惣太郎が、苦悶に顔をゆがめて訊いた。

「おそらく、一味の者は、また日を置いて残りの金を取りに来ると言うだろうな。店から絞れるだけ、絞ろうとするはずだ」

そして、これ以上は無理だと判断すれば、お菊を帰さずに殺すか、江戸から離れた宿場の女郎屋にでも売り飛ばすか――。いずれにしろ、親許には帰さないだろう。

「……………！」

惣太郎と源次郎は、蒼《あお》ざめた顔で藤兵衛を見つめている。

「残りの金を要求されたら、百両でも二百両でもいいから、集められそうな金額を口にして、何とか集めます、と言っておくしかあるまい。ともかく、時を稼ぐのだ。その間に、お菊の監禁場所をつきとめて、助け出すしか手はない」

「で、ですが。町方に話せば、すぐにお菊を殺すと……」

惣太郎が声を震わせて言った。

「わしらが、ひそかに動く。町方にも知り合いがいるし、千坂道場の門弟のなかには御用聞きもいるのだ」

藤兵衛は、坂口に相談しようと思った。それに、門弟のなかに佐太郎《さたろう》という御用聞きもいる。

「で、ですが、町方に知らせることは……」

惣太郎が困惑したように顔をゆがめた。

「わしらは、この店やお菊とかかわりがないことにする。……実は、門弟のひとりが人攫い一味に跡を尾けられて、稽古に来られなくなったのだ。それで、一味を探っていることにすればいい。藤田屋からも、道場やわしのところに来ないようにしてくれ。何かあれば、与作を華村に寄越せばいい」

「それならば……」

惣太郎が納得したような顔をすると、源次郎もうなずいた。

「とにかく、騒ぎ立てずに、時を稼いでくれ」

そう言い置いて、藤兵衛は腰を上げた。

惣太郎と源次郎は、藤兵衛を店先まで送り出し、

「藤兵衛どの、何とかお菊を助け出してくだされ。お菊は、藤田屋のひとり娘なのです」

源次郎が涙声で訴えた。

6

藤兵衛は藤田屋から千坂道場にまわると、母屋の居間で彦四郎と里美に会った。お花は、隣りの座敷にいた。眠っているようだ。お花は、道場で門弟たちに交じって木刀の素振りや竹刀での打ち込みをやり、母屋に帰って座敷に横になっているうちに眠ってしまったという。

「疲れたんですよ」

里美が言った。

「やはり、お菊は攫われたらしい。一味から、身の代金を出せと言ってきたよう

だ」

藤兵衛が声をひそめて切り出した。

「身の代金を……」

里美が眉をひそめた。

彦四郎も、息を呑《の》んで身を硬くしている。

「今日、藤田屋の源次郎どのに呼ばれてな、話を聞いてきたのだ。人攫い一味から二千両も要求されたらしい」

藤兵衛はそう切り出し、藤田屋でのやりとりを掻い摘まんでふたりに話した。

「二千両ですか」

彦四郎が驚いたような顔をした。

「藤田屋も、二千両は用意できないようだ」

「二千両は大金だからな」

彦四郎が言った。

「惣太郎さんも、心配でしょうね」

里美は心配そうに眉を寄せた。里美にとって惣太郎は従兄《いとこ》にあたるが、商家ということもあり、惣太郎さん、と呼んでいた。

「それでな、何とか監禁場所をつきとめ、お菊を助け出そうと思っているのだ」

藤兵衛は、それしか手はないと思っていた。

「義父上、わたしにも手伝わせてください」

彦四郎が、身を乗り出すようにして言った。

「いや、これは内密にやらねばならない。千坂道場の者がかかわっていることを、一味の者に知られたくないのだ。とりあえず、わしだけでやってみる。……様子をみて、彦四郎にも手を貸してもらうが」

千坂道場の者が、人攫い一味の探索にかかわっていると知れたら、門弟はむろんのこと、里美やお花にも一味の手が伸びるのではあるまいか。人攫い一味は、何をするか分からない。八丁堀同心の子にさえ、手を出しているのだ。

「でも、義父上、ひとりでは……」

彦四郎が戸惑うように言った。

「いや、わしひとりではない。弥八《やはち》と佐太郎に、手を貸してもらうつもりだ。ふたりを通して、坂口とも連絡がとれる」

藤兵衛は、こんなとき弥八と佐太郎ほど頼りになる男はいない、と思っていた。

ふたりは、坂口から手札をもらっている岡っ引きだった。藤兵衛は坂口を介して、弥八と知り合い、これまでも家族や千坂道場の門弟がかかわった事件のおりに、探索を頼んでいた。

佐太郎は、千坂道場の門弟だった。稼業はしゃぼん玉売りだったが、どういうわけか剣術好きで、千坂道場に通うようになったのである。佐太郎は千坂道場の門弟がかかわった事件のおりに、弥八と知り合い、しばらく弥八の下っ引きをしていた。その後、坂口に認められ、手札をもらって岡っ引きになったのだ。

ちかごろ、佐太郎は岡っ引きとして活躍しているらしく、道場にはあまり姿を見せなくなったが、藤兵衛が頼めば、手を貸してくれるはずである。

「他にも、彦四郎と里美に、話しておきたいことがあるのだ」

藤兵衛が声をあらためて言った。

「何でしょうか」

彦四郎が言い、里美は黙って藤兵衛に顔をむけた。

「人攫い一味は大勢で、そのなかには武士もいるらしい。一味は、八丁堀同心の子まで襲っている。しかも、藤田屋だけでなく、他の店からも同じような手口で、大金を巻き上げようとしているようだ」

「藤田屋だけで、二千両もの大金を奪おうとしているのだから、莫大《ばくだい》な金ですね」

彦四郎が言った。

「ならず者たちが遊ぶ金欲しさに子を攫い、身の代金を奪おうとしているのではあるまい」

「そうですね」

「一味の者たちは、わしらが探索に動いていると知れば、門弟やお花にも手を伸ばしてくるぞ。彦四郎、永倉にも、人攫い一味のことであまり騒ぎ立てるなと言っておいてくれ」

「…………」

彦四郎と里美が、顔をけわしくした。

「ともかく、一味に気付かれないように動かねばならぬ。彦四郎と里美もそうだが、門弟たちに、人攫い一味のことで騒ぎ立てず、稽古に専念するよう話してくれ」

「分かりました」

彦四郎が答えると、里美もうなずいた。

翌日、藤兵衛は八丁堀に出かけ、南茅場町《みなみかやばちょう》にある大番屋の近くの路傍に立っていた。坂口が通りかかるのを待っていたのである。坂口は市中巡視の帰りに、そこを通ることが多い。

八丁堀にある坂口の住む組屋敷の近くで待ってもいいのだが、坂口との接触を一味の者に知られたくなかったのだ。

……そろそろ来てもいいころだが。

すでに、陽《ひ》は西の空にまわっていた。七ツ（午後四時）ごろではあるまいか。藤兵衛は、坂口が市中巡視を終えて組屋敷に帰るのは、七ツごろだと知っていた。

それからいっときして、通りの先に坂口の姿が見えた。ふたりの手先らしい男を連れている。

手先は小者の六助《ろくすけ》と岡っ引きの音次《おとじ》だった。藤兵衛は、ふたりの手先を知っていた。何度か顔を合わせたことがあったのだ。

坂口は路傍に立っている藤兵衛を目にすると、足を速めて藤兵衛に近付き、

「お師匠、何かありましたか」

すぐに、訊いた。

「いや、たいしたことではないのだ。ちと、訊きたいことがあってな」

そう言って、藤兵衛は手先のふたりに目をやった。できれば、坂口とふたりだけで話したかった。

坂口は藤兵衛の胸の内を察したらしく、ふたりの手先に、先に行くように指示した。

ふたりの姿が遠ざかったところで、

「わしらも、歩きながら話そう」

藤兵衛が、ゆっくりとした足取りで歩きだした。その場に立ち止まっていると人目を引くのだ。

「どうだ、綾之助は」

藤兵衛が訊いた。

「まァ、何とか……」

坂口は困ったような顔をして言葉を濁した。おそらく、綾之助は組屋敷に籠《こも》っていることが多いのだろう。

「実は、わしの知り合いの娘がいなくなってな。娘といっても、まだ十歳だが……。どうしたらいいか、相談をされたのだ」

藤兵衛は、藤田屋の名は出さなかった。まだ、坂口にも話せなかったのだ。

「人攫いでは！」

坂口は足をとめて藤兵衛に目をむけた。

「そうかもしれん。……それでな、弥八と佐太郎の手を借りて、何とか娘の居所をつきとめたいのだ」

藤兵衛は、坂口に話して承諾を得ておきたかった。

「構いませんが……。用心しないとお師匠や若師匠にも、一味の手が伸びるかもしれません」

「一味には、知られないように動くつもりだ」

「それならば……」

坂口はゆっくりと歩きだした。

「ところで、人攫い一味のことで何か知れたか」

藤兵衛が声をひそめて訊いた。

「それが、まだ、これといったことは……。どうも、探索が思うように進まなくて」

坂口の顔に苦渋の色が浮いた。

「何かあったのか」

藤兵衛は、いつもの坂口とちがうような気がした。事件の探索のことで、苦慮しているようだ。

「動かないのです、手先たちが……」

坂口が顔をしかめた。

「どういうことだ」

「人攫い一味を探っていた御用聞きが殺され、同心の子が深手を負ったために、多くの御用聞きが、探索に二の足を踏んでいるのです」

「うむ……」

岡っ引きたちが、下手《へた》に探ると、自分が殺されると思っても不思議はない。当然、岡っ引きたちは、探索に二の足を踏むだろう。

……これが、一味の狙いだ！

と、藤兵衛は思った。

「それが、手先たちだけではなく、御番所（奉行所）同心の動きもにぶいのです」

「同心もか……」

同心の子が、襲われて深手を負っていた。事件にあたる定廻りや臨時廻りの同心が、自分や家族も狙われると思い、人攫い一味の探索から手を引いているのではあるまいか。

藤兵衛は、同心までが人攫い一味を恐れているのか、と苦々しく思ったが、責めることはできなかった。藤兵衛自身、お花や門弟に一味の手が伸びることを恐れ、彦四郎と里美に手を出すな、と念を押しているのだ。

「お師匠、やつらが、御用聞きや同心の子を襲ったのは、探索から手を引かせるためです」

坂口が言った。低い声だが、重いひびきがあった。

「そうらしいな」

「ここで、引き下がったら、やつらの思う壺です」

「………」

「何としても、一味を捕らえます」

坂口の双眸が、鋭くひかっている。

7

坂口と会った翌日、藤兵衛は日本橋十軒店本石町《じっけんだなほんごくちょう》を歩いていた。弥八に会いに来たのである。

十軒店本石町は人形店が多いことで知られ、雛祭《ひなまつ》りや端午《たんご》の節句前は雛市が立って賑やかだった。いまは初秋なので、それほどの賑わいはないが、それでも日本橋に近いせいもあって人通りは多かった。

弥八は岡っ引きとして探索にあたっていないときは、十軒店本石町の通りにいるはずだった。人形店の脇で、甘酒か冷水を売っている。まだ、初秋で暑い日がつづくので、冷水を売っているだろう。

……この辺りだったな。

藤兵衛は見覚えのある人形店のそばまで来た。

店の脇に、弥八の姿があった。立っている弥八の前に、冷水の入った桶《おけ》と簡単な造りの屋台が置いてあった。屋台には、茶碗や白玉が入っているはずである。

冷水は冷たい水に白玉を入れて一杯四文だが、客の好みで白玉や砂糖を多く入れ、六文か七文で売ることもある。

弥八は通りかかる子供や町娘などに、「ひゃっこいよ、白玉入りだよ」などと声をかけているが、通り過ぎていく客が多かった。まだ、暑い日がつづくとはいえ、秋の気配を感じるようになると、冷水の売れ行きは落ちるようだ。

藤兵衛は弥八のそばに行き、

「ちと、頼みがあるのだがな」

と、声をかけた。

「ひとのいねえところで、話しやすすか」

弥八は、岡っ引きとしての話かどうか訊いたのである。

弥八は三十代半ばだった。いつも、路上にいるせいか、陽《ひ》に灼けた浅黒い顔をしている。面長《おもなが》で、目が細かった。狐のような顔である。

「そうだな」

「その人形店の脇へ行きやしょう」

弥八は、斜向《はすむ》かいにある人形店の脇にある路地を指差した。

藤兵衛はうなずいた。弥八とは、人気《ひとけ》のない路地で話すことが多かったのだ。

弥八は冷水の入った桶と屋台を天秤《てんびん》で担ぎ上げ、路地に足をむけた。

そこは、人影のない薄暗い裏路地だった。弥八は天秤を肩からはずすと、

「旦那、何かありましたかい」

と、小声で訊いた。

「弥八は、人攫いの噂を耳にしているか」

「へい、大店の子が攫われたそうで」

弥八が細い目をひからせて言った。腕利きの岡っ引きらしい顔である。

「実はな、相生町の藤田屋の娘が、攫われたのだ」

「たしか、藤田屋は、旦那の御新造さんの生まれた家でしたね」

弥八は、藤兵衛の亡くなった妻のことも知っていた。

「そうだ」

「坂口の旦那には、話してあるんですかい」

「いや、坂口には藤田屋の名は出さず、知り合いの娘が攫われたとだけ話してある。表沙汰《おもてざた》になると、娘が殺されるかもしれないのだ」

「……………」

弥八は無言でうなずいた。

「それでな、弥八に頼みがある。攫われた娘の名はお菊だが、お菊の監禁場所をつきとめて欲しいのだ」

「旦那、そいつはむずかしいや。……人攫い一味のこともまるっきり分かっちゃァいねえし、あっしが耳にしたことによると、御用聞きがひとり殺《や》られ、八丁堀の旦那のお子が深手を負ったそうでしてね。知り合いの御用聞きも、二の足を踏んでまさァ」

弥八が顔をけわしくした。

「そのことは、承知している。……わしは、お菊の監禁場所を確かめて欲しいと言ったが、つきとめるための手は打ってあるのだ」

「手といいやすと」

弥八が訊いた。

「一味の者が、藤田屋に金を取りに来ることになっている。そのとき、お菊を本当に監禁しているかどうか知りたいので、お菊の身につけた物を見せてくれれば、金を渡す、と話すように、藤田屋の者に伝えてある。……一味の者は、仲間のひとりを取りにやるか、出直すか、いずれにしろ、お菊の監禁場所に行くはずだ。そのとき、跡を尾ければ、お菊の監禁場所が知れる」

「おもしれえ」

弥八が目をひからせて身を乗り出してきた。

「それで、弥八と佐太郎とで、一味の者を尾けてもらいたいのだ」

藤兵衛は、弥八が承知してくれれば、佐太郎にも話すことを言い添えた。

「そういうことなら、やらせていただきやすが、あっしは、坂口の旦那のお指図がねえと、勝手に動くことができねえんで」

「わしも、そのことは承知している。すでに、坂口に会ってな、弥八の手を借りたい、と話してあるのだ」

「旦那、やりやしょう」

弥八が言った。

「頼むぞ」

藤兵衛は懐《ふところ》から財布を取り出し、一分銀を四枚手にした。一分銀四枚で、一両である。いつもそうだが、藤兵衛は弥八に探索を頼むときに相応の手当てを渡していた。弥八は、しばらく冷水売りの仕事ができなくなる。弥八も、手当てをもらわないと暮らしていけないのだ。

「いただきやす」

弥八は一分銀を手にすると、巾着《きんちゃく》にしまった。

「その日は、わしも行くつもりだ」

尾行は弥八と佐太郎にまかせるつもりだったが、藤兵衛は姿を見せた一味の顔だけでも見ておきたかった。

それから、藤兵衛と弥八は、藤田屋に人攫い一味が金を取りに来る日の手筈《てはず》を相談した。

話が終わると、弥八は天秤を担ぎ、

「あっしは、これで」

と言い残し、路地から出ていった。

藤兵衛は路地に残って、弥八の後ろ姿に目をむけていた。藤兵衛の胸に、一抹の不安が生じていた。藤田屋の要求どおり、人攫い一味は、お菊の身につけた物を取りに監禁場所に行ったり、出直したりするだろうか、という不安である。

強引に金を奪うか、藤田屋の要求を逆手にとって、さらに金額をつり上げてくるのではあるまいか――。

第二章　人質

1

「お師匠、人攫い一味は来やすかね」

佐太郎が、藤田屋の店先に目をやりながら言った。佐太郎は、千坂道場に入門したころと同じように、藤兵衛のことをお師匠と呼んでいた。

藤兵衛、弥八、佐太郎の三人は、竪川の船寄《ふなよせ》に下りる石段に腰を下ろしていた。そこは通りからすこし下がったところだった。三人は一休みしているような恰好で、川の水面《みなも》に目をむけている。ただ、三人は交替で、ひとりが藤田屋の店先に目をやっていた。人攫い一味が、姿をあらわすのを待っていたのである。

陽は西の家並の向こうに沈みかけていた。あと、小半刻（三十分）もすれば、暮れ六ツ（午後六時）の鐘が鳴るだろう。

夕陽のなかに、竪川にかかる一ツ目橋の橋梁《きょうりょう》が黒く横たわっていた。橋を行き来するひとの姿がかすんで見える。

藤兵衛たちがいるのは、相生町二丁目だった。藤田屋は、半町ほど先にあった。すこし遠いが、人攫い一味に気付かれないように、距離を置いたのである。

「そろそろ、来てもいいころだがな」

藤兵衛は、藤田屋で源次郎と惣太郎から、人攫い一味のふたりは、店仕舞いするすこし前に来たと聞いていたので、今度もそのころではないかと見当をつけていた。ただ、念のために、今日は午前中も様子を見に来ていたし、午後も八ツ半（午後三時）ごろから、この場に来て店先に目をやっていた。

「まだか……。そろそろ暮れ六ツですぜ。店をしめちまったら、来てもなかに入《へえ》れねえからな。まさか、大戸を破って入ることはあるめえ」

佐太郎は、ひとりでしゃべっている。

佐太郎は二十代半ば、小太りで短軀《たんく》だった。陽に灼けた浅黒い顔をし、よく動く丸い目をしていた。悪戯小僧を思わせるような顔をしている。

佐太郎は岡っ引きになる前、しゃぼん玉売りをしていた。そのころ、口上を述べながら町筋を売り歩いていたせいか、おしゃべりで、凝《じっ》としていることが苦手だった。それで、こうした張り込みのときも、よくしゃべるのだ。

ふいに、佐太郎のおしゃべりがとまった。丸い目を瞠《みひら》いて、藤田屋を見つめている。

「き、来やした！　三人ですぜ。二本差しは、ひとりでさァ」

佐太郎が声を上げた。

藤兵衛と弥八も立ち上がり、藤田屋に目をやった。三人の男が、店先に近付いてくる。ひとりは、総髪の武士だった。小袖を着流し、大刀を一本落とし差しにしている。牢人らしい。

あとのふたりは、遊び人ふうだった。小袖を裾高《すそだか》に尻《しり》っ端折《ぱしょ》りし、両脛《りょうずね》をあらわにしている。

「まちがいない。あの三人だ」

藤兵衛はふたりと聞いていたが、今日は三人で来たらしい。

三人は藤田屋の店先で足をとめたが、すぐに暖簾をくぐった。

「旦那、どうしやす」

佐太郎が訊いた。

弥八は、黙ったまま藤田屋の店先に目をやっている。

「近付いてみよう」

藤兵衛は、三人の顔を見ておきたかった。それに、牢人の腕のほども分かるかもしれない。藤兵衛は、その体付きや歩く姿から、剣の修行を積んだ者かどうか見抜く目を持っていた。

藤兵衛たちは石段を上がって通りに出ると、通行人を装って藤田屋にむかった。そして、藤田屋の斜向かいの柳の樹陰に身を隠した。岸際に植えられた柳である。太い木ではなかったが、こんもり枝葉を茂らせていたので身を隠すことができた。

藤兵衛たちが柳の樹陰に来て間もなく、暮れ六ツの鐘が鳴った。店に入った三人は、なかなか出てこなかった。

「旦那、だれも出てきやせんぜ」

佐太郎が言った。声に苛立《いらだ》ったひびきがある。

「だれか、ひとりだけ取りに行くことはなさそうだ」

後日、出直すということであろうか。藤兵衛は不安を覚えた。三人は源次郎と惣太郎を脅し、強引に金を奪おうとしているのかもしれない。

通り沿いにつづく家並のあちこちから、表戸をしめる音が聞こえてきた。暮れ六ツの鐘の音を合図に、商いを終える店が多いのである。

「どうなっているんだ。だれも出てこないぞ」

藤兵衛の声に苛立ったひびきがあった。

「出てきた!」

佐太郎が声を上げた。

「あれは、丁稚《でっち》だ」

弥八が言った。

店から出てきたのは、ふたりの丁稚だった。ふたりは、慌てた様子で店の大戸をしめ始めた。

「店をしめるのか」

藤兵衛が、樹陰から身を乗り出して言った。三人の男は、店のなかにいるはずだった。表戸をしめてしまっては、店から出られない。三人は、しばらく店から出るつもりはないのだろうか。

「旦那、踏み込みやすか」

佐太郎は、今にも樹陰から飛び出しそうだった。

「待て！　いま店に踏み込んだら、お菊は助けられなくなる」

そのとき、藤兵衛の脇にいた弥八が、

「旦那、脇の一枚はあいたままだ。やつら、あそこから出る気だ」

と、戸口に目をむけたまま言った。

なるほど、表戸が一枚分だけあいたままになっていた。ふたりの丁稚は、すでに店に入っている。

「やつらだ！」

佐太郎が、慌てて樹陰に身を隠した。

あいたままになっていた所から、三人の男が出てきた。牢人とふたりの遊び人ふうの男である。

藤兵衛は、樹陰から牢人を見つめた。見覚えのない顔だった。面長で、細い目をしていた。痩身だが胸が厚く、腰が据わっている。武芸の修行で鍛えた体である。

……遣い手のようだ。

と、藤兵衛はみてとった。

剣の腕がたつだけではない。牢人の身辺には、多くのひとを斬《き》ってきた者特有の、残忍で酷薄な雰囲気がただよっていた。

「旦那、どうしやす」

弥八が訊いた。

「ふたりで尾けてくれ。気付かれるなよ」

「へい」

弥八は樹陰から通りに出た。佐太郎は、弥八の後についていく。

弥八たちの尾行は巧みだった。岸際に植えられた柳の陰をたどるようにして三人の男の跡を尾けていく。

2

藤兵衛は、通りの先に弥八たちの姿が消えてから藤田屋に足をむけた。表戸があいていたところに近付いたとき、手代が出てきて残った表戸をしめようとした。

手代は前に立っている藤兵衛を見て、ギョッ、としたように立ち竦《すく》んだ。

「これは、すまぬ。驚かせてしまったか。華村の藤兵衛が来たと、惣太郎どのに伝えてもらえるかな」

藤兵衛が笑みを浮かべて言った。

「ち、千坂さま、入ってください」

手代がうわずった声で言った。どうやら、藤兵衛のことを知っているようだ。

　店のなかは薄暗かった。ひろい土間があり、その先が座敷になっていた。客と商談するための座敷で、右手の奥に帳場があった。

帳場の前に、惣太郎と源次郎が立っていた。ふたりの顔がひき攣《つ》ったようにゆがんでいる。

ふたりは藤兵衛の姿を目にすると、小走りに近寄ってきた。

「と、藤兵衛どの、か、金を持っていかれました」

惣太郎が、声を震わせて言った。

「話は、どこか奥で」

藤兵衛が店内に目をやって言った。

近くに番頭の益蔵と丁稚、それに手代らしい男がふたりいた。四人はこわばった顔で、藤兵衛たちに目をむけている。

藤兵衛は、奉公人たちに話を聞かれたくなかった。藤兵衛がお菊を助け出すために人攫い一味を探っていることが、奉公人の口から洩《も》れないとはかぎらない。

「あ、上がってくだされ」

源次郎がそう言って、藤兵衛を座敷に上げた。

藤兵衛たち三人が腰を落ち着けたのは、以前三人で話した帳場の奥の座敷だった。

「様子を話してくれ」

すぐに、藤兵衛が切り出した。

「は、はい……。三人に、用意した五百両をそっくり持っていかれました」

惣太郎が顔をしかめた。

「金を渡す前に、お菊の身につけた物を、何か見せてくれ、と三人に話さなかったのか」

「話しました。……すると、遊び人ふうの男が、身につけていた物を見せれば、金を渡すのか、と訊きました。……てまえは、見せてくれて、お菊が生きていることが分かれば、五百両渡す、と言ったのです」

するとと、遊び人ふうの男は、懐から折り畳んだ紙を取り出し、これを見てみろ、と言って、惣太郎に手渡したという。

「そ、その紙に、『無事です、菊』とだけ書いてありました。すこし、乱れていましたが、お菊の字のようでした」

「初めから、見せるために用意したのか」

思わず、藤兵衛の声が大きくなった。

「そ、そのようです」

「用意周到だな。一筋縄では、いかぬ者たちだ」

どうやら、一味の者は、お菊が無事かどうか訊かれることを予想し、金と引替えに見せるつもりで用意したようだ。

「藤兵衛どの、やはり、言われたとおり金を渡すしか手はないのでしょうか」

源次郎が訊いた。

「あやつら、残りの金を要求したのか」

「は、はい……。十日ほどしたら、取りに来ると言ってました」

「残りの金を用意できるのか」

五百両渡したので、残りは千五百両ということになる。

「とても無理です。五百両工面するのに、得意先をまわって集金しましたし……」

惣太郎によると、あとは借金するしかないが、それでも、五百両がやっとではないかと話した。

「今度は二百両か、三百両渡して、また、日を稼ぐしかないな」

千五百両渡しても、お菊を帰してくれるかどうか分からない。一味にすれば、お菊を帰せば、自分の首を絞められかねないのだ。それを承知で帰すとは思えない。

「藤兵衛どの、お菊はどうなるのでしょう」

惣太郎が、涙声で言った。

「ともかく、監禁場所をつきとめ、お菊を助け出すしかないな。……くわしいことは言えないが、一味の塒《ねぐら》がつかめるかもしれん」

いまごろ、弥八と佐太郎が、藤田屋に金を取りに来た三人の跡を尾けているはずだった。お菊の監禁場所かどうか分からないが、すくなくとも三人の塒はつかめるだろう。

「そうですか……」

惣太郎が小声で言った。

その声は静かだったが、顔の不安の色は消えなかった。


弥八と佐太郎は、三人の男の跡を尾けていた。三人は、竪川沿いの道を大川の方へむかっていく。

三人は一ツ目橋のたもとを通り過ぎ、一町ほど歩いたところで足をとめた。そして、牢人と遊び人ふうの男がひとり、岸際の石段を下り始めた。桟橋か船寄があるのかもしれない。ひとりだけ、岸際に残っている。

「舟か」

弥八が言った。

残ったひとりは、ふたりの男の方に目をやっていたが、大川の方へむかって歩きだした。痩身で、すこし猫背である。

「親分、ふたりは猪牙舟《ちょき》に乗りやした」

佐太郎が、うわずった声で言った。佐太郎は、弥八のことを親分と呼んでいた。

下っ引きのときの呼び方のままである。

石段の先に船寄があり、そこに繫《つな》いであった猪牙舟に、牢人と遊び人ふうの男が乗り込んだ。遊び人ふうの男が艫《とも》に立ち、棹《さお》を握っている。

ふたりを乗せた舟は船寄を離れ、水押《みお》しを大川の方にむけて動きだした。舟足は速く、川面を滑るように進んでいく。

「親分、どうしやす」

歩きながら、佐太郎が訊いた。

「先に行ったひとりを尾けるしかねえ」

弥八は、牢人たちの乗った舟は大川に出るだろうとみた。大川を遡《さかのぼ》るにしろ下るにしろ、尾行することはできない。

「急ぐぞ」

弥八は足を速めた。先を行く痩身の男との距離があいていた。

痩身の男は、両国橋の東の橋詰に出た。まだ、橋詰には人影が多かった。淡い夕闇のなかに、一杯ひっかけた男、居残りで仕事をしたらしい職人、遊び人、芸者らしい女、夜鷹《よたか》そば……などが、行き交っている。

弥八たちは、痩身の男との間をつめた。人混みにまぎれて見失う恐れがあったのだ。男は両国橋を渡り、両国広小路に出て間もなく、左手の通りへ入った。

そこは米沢町だった。男が入ったのは日本橋方面につづく表通りで、日中は人通りが多いが、いまは人影がすくなかった。通り沿いの店も表戸をしめ、ひっそりと夕闇に沈んでいる。

「おい、まがったぞ」

弥八が足を速めた。慌てて、佐太郎がついていく。

前を行く痩身の男が、左手の路地に入ったのだ。

弥八たちが路地の角まで来て、目をやると、夕闇のなかに男の後ろ姿が見えた。足早に歩いていく。

そこは、裏路地だった。小体《こてい》な店や長屋、借家ふうの仕舞屋《しもたや》などが、ごてごてとつづいている。

痩身の男は、路地沿いの路地木戸をくぐった。木戸の先に、長屋があるらしい。

弥八と佐太郎は、路地木戸の前まで来て足をとめた。

「やつの塒は、この長屋ですぜ」

佐太郎が目をひからせて言った。

「そうらしいな」

「どうしやす」

「やつの名だけでも、知りてえな」

そう言って、弥八は路地の先に目をやった。

半町ほど先に、灯《ひ》の色が見えた。軒下に赤提灯《あかぢょうちん》がぶら下がっている。飲み屋らしい。

「佐太郎、一杯やっていくか」

弥八は飲み屋で、痩《や》せた男のことを訊いてみようと思ったのだ。

「そいつはいいや」

佐太郎が目を細めて言った。

弥八は、一杯やりながら店の親爺《おやじ》に、それとなく長屋に入った痩身の男のことを訊いてみた。親爺は首をひねって、弥八の話を聞いていた。分からないらしい。

「そいつは痩せてて、すこし、猫背だ」

弥八がそう口にすると、

「浅吉《あさきち》だ」

親爺が顔をしかめて言った。

親爺によると、浅吉は界隈では名の知れた悪党だという。若いころから岡場所に出入りし、博奕《ばくち》にも手を出していた。そのうち、娘を誑《たぶら》かして女郎屋に売り飛ばしたり、商家に因縁をつけて金を脅しとったりするようになったという。

「独り暮らしかい」

佐太郎が訊いた。

「情婦《おんな》を連れ込んで、暮らしているようでさァ」

親爺は吐き捨てるように言って、弥八たちのそばを離れた。

3

戛《かっ》、戛《かっ》——。

と乾いた音がひびき、お花の気合が聞こえた。

庭の榎《えのき》の下で、お花が榎の幹を木刀でたたいていた。千坂道場の裏手にある母屋の庭だった。狭い庭に太い榎があって、枝葉を茂らせている。

その樹陰で、里美がお花に目をやっていた。七ツ（午後四時）ごろだった。陽は西の空にまわり、榎の影が庭全体をつつむようにおおっている。

榎の一抱えほどもある幹の樹肌に、削られたような箇所があった。里美が子供のころ、剣術の稽古として木刀でたたいた痕《あと》である。

ちかごろ、里美に代わって、お花が木刀でたたくようになった。庭の榎は、母子二代に亘《わた》って剣術の稽古相手をしてきたことになる。

お花は稽古着でなく、短い単衣《ひとえ》の裾を後ろ帯に挟み、草履《ぞうり》履きだった。今日は道場には行かず、里美と庭で稽古をしていたのだ。

お花が木刀を振るのをやめ、額の汗を手の甲で拭《ぬぐ》ったとき、道場の脇から母屋に近付いてくる足音がした。

「爺々さまだ！」

お花が声を上げた。

姿を見せたのは、藤兵衛だった。どういうわけか、網代笠《あじろがさ》を手にしている。

「おお、剣術の稽古か」

藤兵衛が目を細めて言った。

「爺々さま、剣術を教えて」

お花が、藤兵衛を見上げて言った。

「よし、花どのに一手、ご指南つかまつろう」

藤兵衛はわざと厳めしい顔をして言い、そばに立っている里美に、「彦四郎は」

と訊いた。

「道場にいます」

「稽古か」

「いえ、稽古は終えたはずです。呼んできましょうか」

「頼む」

藤兵衛は、彦四郎に何か話があってきたようだ。

藤兵衛は里美がその場を離れると、

「さァ、もう一度、榎をたたいてみろ」

と、お花に言った。

「はい」

お花は、榎を前にして立つと、エイ！　エイ！　という気合を発し、切り返しに榎を打ち始めた。切り返しは、左右の面をやや袈裟《けさ》に打ち込むのである。

お花がいっとき打ち込んだところで、

「よし、そこまで」

と声をかけた。

「花、なかなかいいぞ。どうだ、今度は胴を打ってみるか」

「はい！」

お花が目をかがやかせた。まだ、この場で、胴打ちの経験はないようだ。

「では、わしがやってみるから、その木刀を貸してみろ」

藤兵衛は、お花の短い木刀を手にすると、榎を前にして立った。木刀が短いので、間合を狭くとっている。

「榎を敵とみて、青眼に構えるのじゃ」

藤兵衛は青眼に構え、切っ先を榎の幹にむけた。

そして、踏み込みざま木刀を振りかぶり、すばやく横に払った。背筋は伸びたままで、姿勢はまったくくずれなかった。

戛、と乾いた音がひびき、木刀の切っ先が榎の幹を打った。

「どうだ、やってみるか」

「は、はい」

お花は、木刀を手にして青眼に構えた。

「花、もう一歩、前に」

藤兵衛が声をかけた。

面打ちとちがって、胴を打つ場合は切っ先が伸びない。そのため、間合を寄せてから踏み込まなければ、切っ先が胴にとどかないのだ。

お花は一歩、榎に近寄ると、さらに踏み込みざま、木刀を横に払った。

切っ先が榎の幹にあたって、ちいさな音を立てた。木刀は当たったが、すこし踏み込みが足りなかったのだ。

「なかなかいいぞ。もう一度、やってみるか」

藤兵衛が言うと、お花はすぐに榎を前にして立った。今度は、すこし間合を狭くしている。

お花は甲高い気合とともに胴へ打ち込んだ。今度はさきほどより、大きな音がした。踏み込みが十分だったのだ。

「いいぞ」

藤兵衛が声をかけると、お花はすぐに前の位置にもどり、気合とともに胴へ打ち込んだ。

いっとき、お花が胴打ちをつづけたとき、里美が彦四郎を連れてもどってきた。すると、お花はふたりに駆け寄り、

「胴を打てるようになったよ」

と、目をかがやかせて言った。色白の顔が朱を刷いたように染まり、額に浮いた汗がひかっている。

「胴が打てるのか」

彦四郎が驚いたような顔をして訊いた。

「爺々さまに、教えてもらったの」

お花は、すぐに榎の前にもどり、木刀を青眼に構えてから榎の幹を胴にみたてて打ってみせた。

「見事な胴だ」

彦四郎が驚いたような顔をしてみせた。

藤兵衛は彦四郎に身を寄せて、

「ちと、話があってな」

と、小声で言った。その声は、里美の耳にもとどき、

「花、冷たい水でも飲みましょうか」

と、誘った。お花がそこにいては、男ふたりで話ができないと思ったようだ。

里美がお花を連れてその場を離れると、藤兵衛と彦四郎は縁先に腰を下ろした。

「藤田屋のことだが、まだ、お菊は帰ってこないのだ」

藤兵衛がそう前置きし、これまでの経緯《いきさつ》を話した。

藤兵衛は、彦四郎と里美にお菊のことを話しておくつもりで来たのだ。ふたりは、お菊のことをひどく気にしていた。

「厄介な相手ですね」

彦四郎が眉を寄せた。

「一筋縄ではいかぬ一味だ」

「義父上《ちちうえ》、わたしにも手伝わせてください。里美もひどく気にしていたし、何かで

きることがあれば、お役に立ちたいのです」

「彦四郎と里美の気持ちは分かっているが、いま、わしらが藤田屋にかかわって動いていることが、一味に知れれば、それこそ取り返しのつかないことになる」

藤兵衛が網代笠をかぶってきたのは、人攫い一味に顔を見られないためだった。人攫い一味が、藤田屋に出入りしている藤兵衛の姿を目にし、藤兵衛が千坂道場とかかわりがあると知れば、道場の者にも手を出す恐れがある。

「……………」

彦四郎の顔に苦渋の色が浮いた。

「里美にも、藤田屋に行って様子を訊いたりするな、とわしが言っていたと伝えてくれ」

「分かりました」

「ところで、綾之助はまだ稽古に来ていないのだな」

藤兵衛が訊いた。

「まだです。本人は道場に来たがっているようですが、坂口どのが、引きとめているようです」

「仕方あるまい。坂口にしてみれば、綾之助のことが気になって、探索にも身が入らなくなるだろうからな」

「義父上、門弟たちから気になることを耳にしたのですが」

彦四郎が声をあらためて言った。

「気になることとは？」

「門弟の笹倉と若林が、道場からの帰りに御家人ふうの武士に呼びとめられて、綾之助のことを訊かれたそうです」

「御家人ふうの武士だと」

藤兵衛が聞き返した。牢人でないとすると、人攫いの件とはかかわりがないのだろうか。

「どんなことを訊かれたのだ」

「綾之助は道場をやめたのか、と訊かれたそうです。笹倉たちは、綾之助の家の都合で休んでいるだけだと、答えたようです」

「うむ……」

その武士も、人攫い一味であろうか。一味とすれば、武士がふたりいることになる。そう言えば、綾之助はふたりの武士に跡を尾けられたと聞いている。

「それに、義父上のことも訊かれたそうです」

「なに！　わしのことを訊いたと」

思わず、藤兵衛の声が大きくなった。

「はい、笹倉たちの話では、義父上の名を出し、坂口家と何かかかわりがあるのかと訊いたそうです」

「それで、笹倉たちはどう答えたのだ」

藤兵衛は、八丁堀で坂口と話しているところを、人攫い一味の者に目撃されたのかもしれない、と思った。

……それにしても、名まで出して訊いたとなると、わしのことを知っていることになる。

藤兵衛は、背筋を冷たい物で撫《な》でられたような気がした。

「笹倉たちは武士に、綾之助は義父上が道場主だったころからの門弟なので、様子を訊きに行ったのではないか、と話したそうです」

「うむ……」

いずれにしろ、人攫い一味の目は、自分にもむけられているようだ、と藤兵衛は思った。

早く手を打たなければ、お菊を助け出すどころか、一味の矛先は自分や千坂道場にもむけられ、危害をくわえられるのではあるまいか。

4

「旦那、浅吉の他に、ひとりだけ知れやした」

大川端を歩きながら弥八が言った。

藤兵衛、弥八、佐太郎の三人は、柳橋近くの大川端を歩いていた。弥八と佐太郎が華村に姿を見せると、藤兵衛は「大川端を歩きながら、話すか」と言って、ふたりを連れ出したのだ。華村の帳場では落ち着いて話せないし、大川端で心地好い川風を受けながら話すのも悪くない、と思ったのである。

藤兵衛たちが藤田屋を見張り、弥八と佐太郎が浅吉の塒をつかんできてから四日経っていた。

藤兵衛は、弥八たちから浅吉のことを聞いたとき、

「しばらく、浅吉を見張ってくれんか。ひとりでも人攫い一味の仲間が知れてから、捕らえたい」

と、弥八と佐太郎に話した。

浅吉を捕らえて訊問するのは、大きな賭《か》けであった。一味の者は、浅吉が捕らえられたことにすぐ気付くだろう。浅吉がお菊の監禁場所を知っていてすぐに吐けば、お菊を助け出せるが、まごまごしていると、一味の者はお菊を始末し、隠れ家から姿を消すかもしれない。それに、人攫い一味が攫った子を監禁しているのは、お菊だけではないのだ。一味は、お菊の他にも何人かの子を攫っているようなので、その子たちも命を奪われる恐れがある。

「そやつの名は」

藤兵衛が訊いた。

「猪之助《いのすけ》でさァ。藤田屋からの帰りに、舟で牢人と逃げた男で」

弥八が答えた。

「猪之助なら、お菊の監禁場所を知っているかもしれんな」

お菊の監禁場所を知らなかったとしても、牢人の名や塒は知っているはずだ、と藤兵衛はみた。

「それで、猪之助の居所は分かるのか」

「分かりやす」

「どこだ」

「富沢町でさァ」

弥八と佐太郎が話したところによると、ふたりは浅吉の住む長屋を見張り、猪之助が姿を見せたので跡を尾けて塒をつかんだという。

日本橋富沢町は、浜町堀沿いにひろがっている。猪之助の塒は、富沢町の裏路地にある借家で、妾《めかけ》らしい年増《としま》と住んでいるそうだ。

「猪之助を捕らえて、吐かせてもいいな」

「旦那、坂口の旦那の手を借りやすか」

弥八が言った。

「そうだな。坂口なら、猪之助からうまく訊き出すだろう」

「あっしが、坂口の旦那とつなぎやすよ」

佐太郎が、脇から口をはさんだ。

「巡視の途中、立ち寄る店があったら、わしがそこで待っていよう」

藤兵衛は、八丁堀で坂口と会うのはやめようと思った。どこに、人攫い一味の目がひかっているか分からない。

坂口は巡視の途中、そば屋か茶店かに立ち寄って腹拵《はらごしら》えをしたり、一休みしたりする店があるはずである。

「それじゃァ、明日にも、あっしが華村に知らせやすから」

佐太郎が身を乗り出すようにして言った。


翌日、藤兵衛は日本橋小網町のそば屋の小座敷で坂口と顔を合わせた。

日本橋川沿いにある笹屋《ささや》というそば屋で、坂口が巡視の途中よく立ち寄って腹拵えをする店だという。

小座敷には、弥八と佐太郎もいた。坂口が連れてきた小者の六助と岡っ引きの音次は、小上がりにいた。藤兵衛たちの話が済むまで、そばを食べながら待っているはずである。

藤兵衛は小座敷に腰を落ち着けると、

「どうかな、綾之助は」

と、訊いた。組屋敷に籠っていては、綾之助も辛かろう、と思ったのである。

「家の庭で、木刀の素振りなどをしているようです。様子を見て、道場に通わせようかと思っているのですが……」

坂口が語尾を濁した。決心がつかないのだろう。

「人攫い一味の件の片がつけば、何の心配もないのだがな」

「はい……」

「実は、一味の浅吉と猪之助という男の居所をつかんだのだ」

藤兵衛が、弥八と佐太郎で浅吉たちの跡を尾けて、猪之助の塒をつかんだことを掻い摘まんで話した。

「さすが、お師匠だ」

坂口が驚いたような顔をした。

「いや、わしではない。弥八と佐太郎だ。それで、猪之助を捕らえて話を聞きたいのだがな」

藤兵衛は、猪之助が舟で牢人を乗せてどこかにむかったので、猪之助なら攫った者たちの監禁場所を知っているかもしれない、と言い添えた。

「浅吉はどうします」

坂口が訊いた。

「どちらかひとりを捕らえ、もうひとりは、泳がせておいたらどうかな」

藤兵衛が、猪之助が吐かなかったとしても、浅吉を見張っていれば他の仲間と接触し、お菊たちの監禁場所が分かるのではないか、と話した。

「分かりました。猪之助を捕らえましょう」

坂口が声を大きくして言った。

「ただ、懸念がある。人攫い一味は、わしらが猪之助を捕らえたことを知ったら、何をするか分からん。そこで、猪之助を人攫いではなく、別の件で捕らえたことにしたらどうかな。別件なら、一味の者たちも、すぐに坂口やわしらに矛先をむけることはないだろう。いずれ知れようが、時間が稼げる」

「妙案です」

「坂口、猪之助を捕らえるいい口実はないかな」

「喧嘩《けんか》でも博奕でもいいが……」

坂口は思案するように虚空に視線をむけていたが、

「喧嘩で、怪我でもさせたことにします。どうせ、猪之助は真っ当な男ではないはずだ。喧嘩なら、だれも疑わないでしょう」

と、藤兵衛に顔をむけて言った。

「それにな、坂口が表に出ない方がいいと思うのだ。考えてみろ、坂口が捕方を指図して猪之助を捕らえれば、たとえ別の件で捕らえたことにしても、一味の者たちは人攫いの科《とが》で捕らえたとみるはずだ」

「そうですね」

坂口が眉を寄せた。

「相手はひとりだ。わしと、ここにいる弥八と佐太郎とで、猪之助の塒に踏み込んで捕らえよう。坂口は、近くに身をひそめていてくれ」

藤兵衛は、八丁堀ふうに身装《みなり》を変えようと思った。

変装するといっても、小袖を着流し、羽織の裾を帯に挟むだけである。元々弥八と佐太郎は、八丁堀同心の手先なので、そのままでいい。三人なら、何とかなるだろう。老いてはいたが、藤兵衛は剣の達人だった。峰打ちで、猪之助を仕留めることができる。それに、弥八は腕利きの岡っ引きなので、捕縛は巧みである。

「それで、塒にいるのは猪之助ひとりですか」

坂口が訊いた。

「妾がいっしょのようでさァ」

弥八が脇から口をはさんだ。

「その妾はどうします」

「捕らえてもいいが、それより、妾に、猪之助は喧嘩の科で捕らえると言い置いた方がいいかもしれないな」

猪之助がいなくなれば、かならず人攫い一味の者が妾の許に様子を訊きに来る。そのとき、妾が猪之助は喧嘩の科で捕らえられたと話せば、一味の者も信ずるかもしれない。

「分かりました。われらは、様子をみてからくわわります」

坂口がけわしい顔をして言った。

5

七ツ半（午後五時）ごろだった。藤兵衛は弥八と佐太郎を連れて、浜町河岸を歩いていた。その辺りは、日本橋富沢町だった。猪之助を捕らえに来たのである。

藤兵衛は小袖を着流し、羽織の裾を帯に挟んでいた。恰好だけは、八丁堀ふうである。

弥八と佐太郎は、手先らしい顔をしてついてくる。

藤兵衛たちから一町ほど後ろを、坂口が六助と音次を連れて歩いていた。坂口は羽織袴姿で、網代笠をかぶっていた。八丁堀同心とは見えないはずである。

藤兵衛たちが浜町堀にかかる栄橋の近くまで来ると、

「旦那、こっちですぜ」

と言って、佐太郎が右手の通りに足をむけた。

通りをいっとき歩いた後、藤兵衛たちは右手の裏路地に入った。そこは、小体な店や長屋、仕舞屋などがごてごてとつづき、ぽつぽつと人影があった。ぼてふり、職人、長屋の女房らしい女、子供……。いずれも、裏路地に住む町人らしかった。

裏路地に入って一町ほど歩いたとき、佐太郎が足をとめ、

「あの家ですぜ」

と言って、斜向かいにある仕舞屋を指差した。借家ふうの古い家である。

藤兵衛は周囲に目をやった。身を隠す場所はないか探したのである。藤兵衛は、仕舞屋の前が空き地になっているのを目にとめた。建っていた家を取り壊した跡地らしい。

空き地は雑草におおわれ、隅の方に笹が繁茂していた。藤兵衛は、笹藪《ささやぶ》の陰に身を隠すことができるとみた。

ただ、いまから笹藪に身を隠すのは早すぎる。藤兵衛は坂口と相談したとき、暮れ六ツ（午後六時）の鐘の音を聞いてから踏み込むことにしていたのだ。

「旦那、その欅《けやき》の陰にでもいてくだせえ。あっしが、様子を見てきやす」

弥八がそう言い残し、通行人を装って仕舞屋に近付いた。

藤兵衛たちが路傍の欅の陰に立って待つと、坂口たち三人が近付いてきた。藤兵衛は、弥八が様子を見に行ったことを坂口たちに話し、いっしょに待つことにした。

しばらくすると、弥八がもどってきた。

「どうだ、猪之助はいるか」

藤兵衛が弥八に訊いた。いなければ、猪之助がもどるまで待つしかない。

「いやす。女も、いっしょでさァ」

弥八が戸口に身を寄せると、家のなかから男と女の声が聞こえたという。その会話のなかで、女が、猪之《いの》さん、と呼んだので、猪之助がいることが分かったそうだ。

「そろそろだな」

藤兵衛は西の空に目をやった。

すでに、陽は家並の向こうに沈み、西の空は茜《あかね》色に染まっていた。まだ、路地は明るかったが、欅の陰には淡い夕闇が忍び寄っている。

「笹藪の陰まで行くか」

藤兵衛が言うと、坂口がうなずいた。

藤兵衛たちはひとり、ふたりと分かれ、すこし間を置いて歩いた。六人もでまとまって歩くと、人目を引くからである。

藤兵衛たちが笹藪の陰に身を隠し、いっときすると、暮れ六ツの鐘が鳴った。路地のあちこちから表戸をしめる音が聞こえてきた。路地沿いの小店が、商いを終えて店をしめ始めたのである。

笹藪の陰や前にある仕舞屋の軒下などは、淡い夕闇につつまれていた。路地は人影もなくひっそりしている。

「坂口、わしらは行くぞ」

藤兵衛が坂口に声をかけた。

「お師匠、われらはここから様子を見ています。猪之助が逃げてきたら、飛び出してつかまえます」

「そうしてくれ」

藤兵衛は、弥八と佐太郎を連れて笹藪の陰から出た。

藤兵衛たちは、仕舞屋の戸口に身を寄せた。家のなかから、くぐもった話し声が聞こえてきた。男と女の声であることは分かったが、話の内容は聞き取れなかった。

「あけやすぜ」

弥八が小声で言って、板戸を引いた。

戸は簡単にあいた。敷居の先は狭い土間で、その奥は座敷になっていた。薄暗い座敷に男と女が向かいあって座していた。猪之助と年増である。年増は、妾であろう。

猪之助の膝先に箱膳《はこぜん》が置いてあった。銚子《ちょうし》が立っている。夕めし前に、一杯やっていたらしい。

「はっ、八丁堀！」

猪之助が驚いたような顔をして腰を上げた。藤兵衛の身装を見て、八丁堀同心と思ったようだ。

年増はこわばった顔で、藤兵衛たちに目をむけている。

「猪之助か」

藤兵衛が訊いた。

「そ、そうよ。……おめえ、八丁堀か？」

猪之助は、藤兵衛が老齢なのを見て疑ったらしい。

「八丁堀だ。……喧嘩の科で、おまえを捕らえる。……安吉《やすきち》という男と喧嘩し、大怪我を負わせたな。おまけに、安吉の巾着まで、持ち去った」

藤兵衛の出任せである。安吉も、咄嗟《とっさ》に浮かんだ名を口にしたのだ。

「な、何を言ってやがる！　おれは、安吉なんてえやつは、知らねえ」

猪之助は腰を上げ、向きになって言った。

女は驚怖に目を剝《む》き、凍りついたように身を硬くしている。

「猪之助、神妙にしろ！」

藤兵衛が鋭い声で言うと、弥八と佐太郎が十手を手にし、御用！　御用！　と声を上げ、土間から座敷に上がった。

「ちくしょう！　やりもしねえことで、つかまってたまるかい」

猪之助は、座敷の隅に行き、神棚の上に置いてあった匕首《あいくち》をつかんだ。血走った目をしている。

すぐに、藤兵衛は抜刀し、刀身を峰に返して、座敷に上がった。

女は、ヒイイッ、と喉《のど》を裂くような悲鳴を上げ、四つん這《ば》いになって座敷の隅に逃れた。

藤兵衛は猪之助と対峙すると、切っ先をむけ、

「縛《ばく》につけい！」

と、厳めしい顔をして言った。

猪之助は匕首を前に突き出すように構え、

「縄など受けるかい！」

叫びざま、いきなり体ごとつっ込んできた。

すばやく、藤兵衛は右手に体《たい》をひらき、刀身を横に一閃《いっせん》させた。ドスッ、という皮肉を打つにぶい音がし、猪之助の上半身が折れたように前にかしいだ。藤兵衛の峰打ちが、猪之助の腹を強打したのだ。

グエッ、と猪之助は蟇《ひき》の鳴くような呻《うめ》き声を上げ、両手で腹を押さえてうずくまった。匕首は畳に取り落としている。

「捕れ！」

藤兵衛が声を上げると、弥八が猪之助の両腕を後ろにとって早縄をかけた。長年、岡っ引きをやっているだけあって、縄をかけるのは巧みである。

「旦那、女はどうしやす」

佐太郎が訊いた。へたり込んでいる年増の両肩を押さえつけている。

「女、名は？」

藤兵衛が訊いた。

「お、お島《しま》……」

年増が、声を震わせて言った。顔が紙のように蒼《あお》ざめている。

「お島、猪之助は、喧嘩で罪のない者に大怪我を負わせたのだ。それで、お縄にした」

藤兵衛は、よいな、と念を押し、

「ひったてろ！」

と、弥八と佐太郎に声をかけた。

6

坂口と藤兵衛たちが猪之助を連れていったのは、新材木町にある番屋だった。そこで、猪之助を訊問するのである。

通常、人攫いの上に身の代金を要求するような大罪を犯した者の吟味は、仮牢のある大番屋だが、坂口はあえて番屋にした。喧嘩の科と言って捕らえたこともあったが、大番屋で下手人を吟味するのは吟味方与力であり、臨時廻り同心の坂口が勝手に吟味するわけにはいかなかった。

坂口は番屋にいた番太に、

「故あって、すぐに、この男の吟味にとりかかる。他の者は、事情を聞くために同行したのだ」

そう話し、しばらく番屋から出ているよう指示した。

番太が出ていくと、坂口は猪之助を座敷に座らせて前に立った。藤兵衛や弥八たちは、猪之助を取りかこんだ。

「だ、旦那、捕り違いです！　あっしは安吉なんてえ男は知らねえし、喧嘩をした覚えもねえ」

猪之助が坂口を見上げて訴えた。

「捕り違いじゃァねえよ。人攫いの科で捕らえたんだ」

坂口が猪之助を見すえながら伝法《でんぽう》な物言いをした。

定廻りや臨時廻りの者は、ならず者や無宿者、凶状持ちなどと接する機会が多く、どうしても言葉遣いが乱暴になるのだ。

「…………！」

猪之助の顔から血の気が引いた。初めから、人攫い一味のひとりとして捕らえられたことが分かったようだ。

「猪之助、おめえは人攫い一味のひとりだな」

坂口が強い口調で念を押すように訊いた。

「し、知らねえ。あっしは人攫いなんかとは、何のかかわりもねえ」

猪之助が声を震わせて言った。

すると、猪之助の後ろにいた佐太郎が、

「おい、猪之助、白を切ったって駄目だよ。おれたちはな、おめえと浅吉、それに牢人者が藤田屋から出るのを見てな、ずっと、跡を尾けたんだぜ。おめえ、牢人者といっしょに猪牙舟で、大川に出たじゃァねえか」

と、一気にしゃべった。

「…………！」

猪之助の顔から血の気が失せた。体の顫《ふる》えが激しくなっている。

「牢人の名は」

坂口があらためて訊いた。

「…………！」

猪之助は、蒼ざめた顔で口を引き結んでいる。

「話さねえと、人攫いはおめえと浅吉ふたりの仕業《しわざ》ということになるぜ。極悪人とみなされ、市中引き回しの上、獄門だぞ」

坂口が、断定するように言った。

「だ、旦那、あっしは、頼まれて船頭をしただけだ」

「船頭をしただけなのか」

「へ、へい」

「それなら、隠すことはないな。牢人の名は」

「山崎稲九郎《やまざきとうくろう》でさァ」

「山崎な」

坂口が藤兵衛に顔をむけた。知っているか、訊いたのである。

「いや、わしは知らぬ」

藤兵衛は、山崎稲九郎という男を知らなかった。

「山崎の塒は」

坂口が訊いた。

「………」

猪之助は口をつぐんで膝先に視線を落とした。体が小刻みに顫えている。

「おまえが、山崎を舟で送り迎えしたのではないのか」

「山崎の旦那の塒は、深川今川町でさァ」

「今川町のどこだ」

「富田屋《とみたや》ってえ、船宿がありやす。その近くにある借家で」

「そうか」

坂口は、それだけ分かれば、山崎の塒はつきとめられると思ったらしく、山崎のことはそれ以上追及せず、

「他にも仲間がいるな」

と、猪之助を見すえて訊いた。

「へい……。あっしらの頭《かしら》が、おりやす」

「だれだ？」

「若《わけ》えころ女衒《ぜげん》をしてた辰蔵《たつぞう》親分で……」

猪之助がそう言ったとき、これまで黙って聞いていた弥八が、

「女衒の辰か！」

と、声を上げた。

「そうでさァ」

猪之助が首をすくめるようにして言った。

7

「弥八、辰蔵を知っているのか」

藤兵衛が、弥八に訊いた。

「噂を、聞いたことがありやす。五、六年も前《めえ》ですが……」

弥八によると、辰蔵は若い男を三、四人子分のように使い、器量のいい十二、三歳の娘に目をつけ、騙《だま》したり攫ったりして連れ出し、深川や浅草辺りの女郎屋に売り飛ばしていたという。

「ところが、二年ほど前から、ぷっつり辰蔵の噂を聞かなくなりやしてね。辰蔵は

足を洗って、どこかに身を隠しているとみてたんでさァ」

「その辰蔵が、おまえたちの頭か」

藤兵衛が訊いた。

「へい、あっしらの頭で……」

「ほかにも、武士がいたな。そやつは、何者だ」

「名は知らねえが、二本差しで、辰蔵親分は目黒の旦那《だんな》と呼んでやした。目黒に住んでたことがあるらしいんで」

「武士だな」

藤兵衛が念を押すように訊いた。

「へい。話したことはねえが、羽織袴姿のお武家でさァ」

「うむ……」

藤兵衛は、綾之助がふたりの武士に跡を尾けられたこと、それに門弟の笹倉たちが御家人ふうの武士に呼びとめられて、綾之助のことを訊かれたという話を思い出した。

どうやら人攫い一味には、山崎とは別の御家人ふうの武士がいて、その武士が目黒の旦那と呼ばれているらしい。

「その武士の住処《すみか》はどこだ」

坂口が声を大きくして訊いた。

「知らねえ。嘘《うそ》じゃァねえ。目黒の旦那は、あっしらとは話さねえし、滅多に顔も合わせねえんだ」

猪之助がむきになって言った。

「おまえたちは、辰蔵の指図で動いていたのだな」

「そうで……」

「辰蔵の塒は」

坂口が声をあらためて訊いた。

「浅草だと聞きやしたが、塒は知らねえ」

「なに、辰蔵の塒を知らねえだと！　おまえたちは、辰蔵の指図で、動いてたんじゃァねえのか」

また、坂口の物言いが伝法になった。

「親分とは、浅草にある小料理屋の山吹屋《やまぶきや》で、会うことになってやした」

猪之助によると、何かあると辰蔵から山吹屋の女将に言伝《ことづて》があり、それに従っていたという。

山吹屋は駒形町にあり、女将の名はお秋《あき》だという。

「お秋は、辰蔵の情婦《いろ》か」

「いまはちがいまさァ」

「うむ……」

坂口はそこで一息ついた後、

「ところで、おまえたちが攫った娘は、何人だ」

と、猪之助を見すえて訊いた。

「三人で……」

猪之助が首をすくめて言った。

「藤田屋と黒崎屋は分かっているが、もうひとりは」

「お春《はる》ってえ十二になる娘で」

「店の名は」

「伊勢町の越野屋《こしのや》でさァ」

「呉服屋か」

日本橋、伊勢町に越野屋という呉服問屋があった。日本橋には呉服屋の大店が多いので、越野屋はそれほど名の知れた店ではなかった。

それでも、藤田屋と比べれば、大きな店である。身の代金も、藤田屋より大金を要求しているのではあるまいか。

「へい……」

そのとき、藤兵衛が、坂口に代わって訊いた。

「おまえたちは、そんな大金を掻き集めて、何をたくらんでいるのだ」

目黒の旦那と呼ばれる武士や牢人の山崎にとって、遊びや暮らしのためだけなら千両、二千両という額は、あまりに大き過ぎる、と藤兵衛には思えたのだ。

「辰蔵親分は、浅草の料理茶屋を買い取ると言ってやしたが、目黒の旦那たちのことは分からねえ」

猪之助が首をひねった。聞いてないらしい。

「ところで、猪之助、お菊たちをどこに監禁しているのだ」

藤兵衛が語気を強くして訊いた。

おそらく、藤田屋のお菊、黒崎屋のおよし、越野屋のお春は、同じ場所に監禁されているだろう。

坂口や弥八たちの目が、いっせいに猪之助に集まった。その場に集まった男たちが、もっとも知りたいことである。

「知らねえ！　あっしは、知らねえんだ」

猪之助が首を横に振りながら声を上げた。

「攫った者が、知らないはずはあるまい」

藤兵衛の声に、怒りのひびきがくわわった。

「辰蔵親分と利根造兄《とねぞうあに》いが、連れてったんだ。辰蔵親分の隠れ家かもしれねえ」

猪之助によると、利根造は人攫いにはくわらないが、辰蔵の右腕のような男だという。

「その隠れ家は、どこにある」

「浅草だと聞きやしたが、どこかは分からねえ」

猪之助が眉を寄せて言った。知らないらしい。

「浅吉なら知っているか」

「やつも、あっしと同じだ。娘たちのいる場所は、知らねえはずだ。目黒の旦那や親分たちは、用心してあっしらには話さねえんだ」

「山崎は」

「山崎の旦那なら、知っているかもしれねえ」

猪之助が首をひねりながら言った。

第三章　追跡

1

藤兵衛が華村の帳場の奥の小座敷で茶を飲んでいると、障子があいて、由江が顔をだした。

「藤兵衛どの、彦四郎が来ましたよ」

由江が笑みを浮かべて言った。彦四郎が後ろに立っている。

彦四郎は、由江のただひとりの実子だった。里美といっしょになって由江の許から離れたが、いまでも母子の情は変わらない。

由江は藤兵衛と一緒になってからも、おまえさんとも旦那さまとも呼ばなかった。一緒になる前は、千坂さまと呼んでいたが、いまは藤兵衛どのである。おまえさんも旦那さまも、口にするのが照れくさいのだろう。

「ひとりか」

彦四郎が華村に来るときは、里美とお花を連れてくることが多かった。

「そうですよ。藤兵衛どのに、お話があるとか」

由江につづいて座敷に入ってきた彦四郎は、藤兵衛の脇に座ると、

「義父上《ちちうえ》に、道場のことで話したいことがありまして……。道場は永倉にまかせてきました」

と、声をひそめて言った。

由江は、道場のことと聞いて、ふたりだけにした方がよいと思ったらしく、

「茶を淹《い》れましょう」

と言い残し、座敷から出ていった。

「道場で何かあったのか」

藤兵衛が訊いた。

「何かあったわけではないのですが、昨日、吉崎《よしざき》が道場からの帰りに羽織袴姿の武士に呼びとめられ、道場や義父上のことを訊かれたそうです」

吉崎幸太郎《こうたろう》は、二十代半ばの中堅どころの門弟だった。

「どんなことを訊かれたのだ」

藤兵衛は気になった。

「義父上は、いまも道場に来ることがあるのかどうか訊かれたそうです。それに、わたしや里美……花のことも、訊いたようです」

「そやつ、わしのことを知っているようだな。何者であろう。……近所の者か千坂道場に縁のある者でなければ、わしと道場とのかかわりは知るまいに」

藤兵衛は思案するように虚空に目をとめて言った。

「それで、吉崎は話したのか」

藤兵衛が声をあらためて訊いた。

「はい、吉崎は、その武士が義父上のことを知っているような口振りだったので、知己かと思い、差し障りのないことは話したそうです」

「うむ……」

藤兵衛には、思い当たる者がいなかった。

「その武士は、花のことまで知っているようなのです。人攫い一味とかかわりのある者ではないかと思い、気になって……」

彦四郎の顔に、憂慮の翳が浮いた。

「まさか、花を攫うことはあるまいが」

そのとき、藤兵衛の脳裏に、猪之助が口にした目黒の旦那のことがよぎった。猪之助は御家人ふうの武士と言っていた。やはり、人攫い一味らしい。笹倉たちも、御家人ふうの武士に綾之助のことを訊かれているのだ。

「それにしても、妙だ。人攫い一味は、わしらに執拗過ぎる。それに、藤田屋の件に、わしがかかわっていることも知っているようだ」

「わたしも、その武士は人攫い一味のような気がします」

彦四郎が言った。

「それにしても、腑に落ちぬ。藤田屋の件だけなら、里美やお花のことまで訊くことはあるまい」

「そうですね」

彦四郎も、首をひねった。

「藤田屋のことの他にも、何かあるな。道場にかかわる何かが……」

「……！」

彦四郎は、虚空を睨《にら》むように見すえている。

「彦四郎、何故か分からぬが、人攫い一味は道場に目をつけ、何かたくらんでいるようだぞ」

「はい……」

彦四郎が、顔をけわしくしてうなずいた。

そのとき、由江が盆に湯飲みを載せて入ってきた。湯飲みは三つだった。三人で飲むつもりなのだろう。

藤兵衛たち三人は、茶を飲みながらお花や道場のことを話題にした。人攫い一味のことは口にしなかった。由江も藤田屋のお菊が攫われたことは知っていたが、あえて話さなかったのだ。

小半刻（三十分）ほど三人で茶を飲みながら世間話をした後、藤兵衛が、

「門弟のことで、深川へ行くつもりだが、彦四郎も行ってみるか」

と、誘った。

藤兵衛は弥八と佐太郎を連れて今川町に行き、山崎稲九郎の住む借家をつきとめるつもりだった。すでに、弥八と佐太郎には話してあり、四ツ（午前十時）ごろ、

両国橋のたもとで待っていることになっていたのだ。

これまで、藤兵衛は彦四郎や門弟たちが、人攫い一味の件にかかわらないように気をつかってきた。だが、これ以上隠したり、避けたりすることはないと思った。すでに、一味の者たちは、藤兵衛と道場のかかわりを知っている。それればかりか、彦四郎や里美、お花のことまでつかんでいるようなのだ。隠しても無駄だ、と藤兵衛は思った。

「ご一緒します」

彦四郎が顔をひきしめて言った。

藤兵衛と彦四郎が両国橋のたもとまで来ると、大川の岸際に立っている弥八と佐太郎の姿が見えた。

ふたりは、すぐに走り寄り、

「若師匠もいっしょですかい」

と、佐太郎が訊いた。

「華村で、顔を合わせたのでな。いっしょに来てもらったのだ」

藤兵衛が言うと、

「よろしくな」

彦四郎が、弥八と佐太郎に声をかけた。

藤兵衛たち四人は両国橋を渡り、さらに竪川にかかる一ツ目橋を経て、大川端の道に出た。しばらく川下にむかって歩くと、前方に仙台堀にかかる上ノ橋が見えてきた。橋を渡り、仙台堀沿いの道を左手に入れば、今川町に出られる。

「山崎はいやすかね」

佐太郎が歩きながら言った。

「いるはずだがな」

藤兵衛たちが、番屋で猪之助を訊問した翌日だった。まだ、山崎は猪之助が町方に捕らえられたことも知らないだろう。

そんな話をしながら、藤兵衛たちは上ノ橋を渡った。

2

「この辺りから、今川町だな」

藤兵衛が、川沿いにつづく町家に目をやりながら言った。

「旦那、まず船宿の富田屋を探しやしょう」

弥八が言うと、

「あっしが、そこらで訊いてきやすぜ」

すぐに、佐太郎が通り沿いにある酒屋にむかって走りだした。酒屋の者に訊くつもりらしい。

「まったく、忙しいやつだ」

弥八が苦笑いを浮かべて言った。

藤兵衛たちが酒屋の方にむかって歩いていると、佐太郎が店先から飛び出してきた。

佐太郎は藤兵衛たちのそばまで来ると、

「旦那、知れやしたぜ！」

と、声を上げた。

「富田屋は、この先にあるそうです」

佐太郎が通りの先を指差して言った。

「行ってみよう」

藤兵衛たちは、仙台堀沿いの道を東にむかった。

二町ほど歩くと、船宿らしい店が見えてきた。店の前の仙台堀にかかる桟橋に、数艘《すうそう》の猪牙舟が舫《もや》ってある。その舟に、船頭らしい男がいた。船底に茣蓙《ござ》を敷いている。客を乗せる支度をしているらしい。

「あの船頭に、訊いてみやすか」

弥八が言った。

「そうしよう」

藤兵衛たちは桟橋につづく石段を下りて、船頭のいる舟に近付いた。

「ちょいと、すまねえ」

弥八が船頭に声をかけた。

「あっしですかい」

船頭は船底に四つん這いになったまま、首を上げて藤兵衛たちに目をむけた。陽に灼けた浅黒い顔をしている。

「ちょいと訊きてえことがあってな」

「何ですかい」

船頭は身を起こし、船底に敷いた莫蓙の上に胡座《あぐら》をかいて、藤兵衛たちに顔をむけた。

「この近くに、山崎稲九郎ってえ牢人者が住んでるはずなんだが、知らねえかい」

弥八が、山崎の名を出して訊いた。

「名は知らねえが、牢人らしい二本差しが住んでる借家はありやすぜ」

「借家はどこだい」

「この先を一町ほど行くと、借家がありやす」

船頭によると、借家は三軒あり、手前の家に牢人は住んでいるという。

「牢人はひとりで住んでいるのかい」

「ご新造さんとふたりで住んでやしたが、一年ほど前にご新造さんが亡くなりやしてね。いまは、独りのようですぜ。……ちかごろ、家にいねえことが多いようでさァ」

弥八の脇にいた藤兵衛が、

「手間をとらせたな」

そう言い置き、四人は桟橋から通りにもどった。

船頭に言われたとおり、通りを一町ほど歩くと、借家ふうの仕舞屋が三棟並んでいた。いずれも小体な家である。

藤兵衛たちは、手前の家に足をむけた。表戸がしまっている。ひっそりとして、物音も人声も聞こえてこない。

「近付いてみよう」

藤兵衛たちは、通行人を装って戸口の前に近付いた。やはり、物音も人声も聞こえなかった。人のいる気配がない。

「留守のようだ」

藤兵衛たちは戸口から離れた。

「どうしやす」

佐太郎が訊いた。

「近所で訊いてみるか」

藤兵衛は通りに目をやった。

五、六間先に、舂米屋《つきごめや》があった。店内に唐臼《からうす》があり、その脇の小座敷で親爺らしい男が、客と話していた。
「米屋で訊いてみよう」

藤兵衛は、わしが訊いてみる、と言って、店の戸口に立ち、

「店の者か」

と、親爺にむかって声をかけた。

彦四郎や弥八たちは、藤兵衛の後ろに立っている。

「へい、何か御用で……」

親爺が首をすくめて藤兵衛を見た。客らしい男は、藤兵衛に警戒するような目をむけている。

「そこに、借家があるな」

「ございますが」

「山崎稲九郎という男が住んでいると、聞いてきたのだがな」

藤兵衛は山崎の名を出して訊いた。

「へい、山崎の旦那の家ですが」

親爺が訝《いぶか》しそうな顔をして藤兵衛を見た。

「わしは、むかし山崎と剣術道場で同門だったことがあるのだ。山崎が、そこの借家に住んでいると聞いてな。近くを通りかかったので、寄ってみたのだ」

藤兵衛が、もっともらしく言った。

「そうですかい」

親爺が納得したようにうなずいた。

「留守のようだが、出かけたのかな」

「さァ……。ちかごろ、出かけることが多いようでしてね。家にいることはすくないようですよ」

親爺がそう言うと、脇に腰を下ろしていた客らしい男が、

「山崎の旦那なら、今朝、出かけるのを見ましたよ」

と、口をはさんだ。

「山崎はひとりで出かけたのか」

「ふたりでしたよ。お武家さまといっしょでした」

男によると、山崎は、羽織袴姿で二刀を帯びた武士と歩いていたという。

その武士は、目黒の旦那と呼ばれている武士ではあるまいか、と藤兵衛は思った。

「出かけたままらしいな」

藤兵衛はふたりに、手間をとらせた、と声をかけ、店先から離れた。

藤兵衛が借家の方にもどりながら、

「さて、どうしたものか」

と、つぶやくように言った。

「旦那、あっしと佐太郎とで、借家を見張りやしょうか。陽が沈むまでには、帰ってくるかもしれねえ」

弥八が言うと、

「あっしらに、まかせてくだせえ」

と、佐太郎が意気込んで言った。

藤兵衛と彦四郎は弥八たちに任せることにし、今日のところは華村に引き上げることにした。

3

彦四郎は午後の稽古の後、居間で里美が淹れてくれた茶を飲んでいた。脇で、里美がお花の長く伸びた髪に櫛《くし》を入れ、鹿の子絞りの布で縛ってやっている。里美には、お花に女の子らしく育って欲しい、という思いもあるのだ。

「花、可愛いな」

彦四郎が目を細めて言った。

「縛ると、髪が邪魔にならないの」

お花が、木刀を振る真似《まね》をしてみせた。

「そうだな」

彦四郎は、苦笑いを浮かべた。お花は、着飾ることより剣術のことが気になるらしい。若いころの里美と似ている。

「そのうち、花も娘らしくなりますよ」

里美がそう言ったとき、縁先に近寄る足音がした。

障子の向こうで、足音はとまり、

「若師匠、おりやすか」

と、佐太郎の声がした。

「佐太郎さんだ！」

すぐに、お花は立ち上がって障子《ひょう》をあけた。お花は、ときおり道場に姿を見せる佐太郎を好いていた。佐太郎は剽げたことを言ってお花を喜ばせたり、元の商売のしゃぼん玉で遊んでくれたりしたこともあったからだ。

「おや、綺麗な髪飾りでござんすねえ。お花ちゃんが、花のようになった。お花ちゃんの花が咲いた」

佐太郎が両手を上げて剽げた素振りをしながら、節をつけて言った。

お花は縁側に出て笑い声を上げた。

彦四郎と里美も、縁側に出てきた。すると、佐太郎は急に真顔になって、

「ちょいと、若師匠にお伝えすることがありやす」

と、小声で言った。

里美は、佐太郎が大事な話があって来たと察知し、

「花、父上と佐太郎さんは、大事な話がありますね。部屋にもどりましょうね」

と言って、お花の手をとり、座敷に連れていった。

ふたりが縁先から去ると、

「何かあったのか」

と、彦四郎が訊いた。

「いえ、何もねえが、お師匠から、若師匠にも知らせておくように言われやしてね。それで、来たんでさァ。……山崎のことで」

彦四郎や藤兵衛たちが今川町に行き、山崎の住む借家をつきとめたのは昨日だった。その後、佐太郎と弥八のふたりで、借家を見張ったはずである。

「山崎は帰ってきたのか」

「それが、夜まで親分とあっしで張り込みやしたが、山崎は帰《けえ》ってこなかったんでさァ」

佐太郎によると、今朝も弥八とふたりで今川町に出向いて借家を確かめたが、山崎の姿はなかったという。

「それで、今川町から華村にまわり、お師匠に知らせたんでさァ」

佐太郎は、藤兵衛から彦四郎にも知らせるように言われ、道場にまわったという。

「山崎は、借家のことが知れたと気付いたのかな」

山崎は、猪之助が町方に捕らえられたのを察知したのかもしれない。

「分からねえが、あっしと親分とで、ときおり借家を見てみやす」

佐太郎が言った。

そのとき、道場の脇で足音がし、門弟の笹倉が走ってきた。ひどく、慌てている。

笹倉は、稽古着姿ではなかった。笹倉は他の若い門弟たちと道場で残り稽古をしていたが、着替えて帰るところだったのかもしれない。

「お師匠、すぐに、道場に来てください」

何かあったらしい。笹倉の顔が、こわばっている。

「どうした」

彦四郎が訊いた。

「武士がふたり、道場に来ています。お師匠に会わせろと言って、戸口から離れません」

「何者か、分からないのか」

「はい、ふたりとも笠をかぶっています」

笹倉が早口でしゃべったことによると、ひとりは羽織袴姿で、もうひとりは牢人体《てい》だという。

彦四郎の脳裏に、山崎と、藤兵衛から聞いた目黒の旦那と呼ばれる武士のことがよぎった。そのふたりかもしれない。

「すぐ、行く」

彦四郎は、急いで座敷にもどった。念のために、刀を持っていくつもりだった。

「彦四郎さま、わたしもいっしょに」

里美が、顔をけわしくして言った。縁先のやり取りが聞こえたらしい。里美は彦四郎のことを、いっしょになる前と同じように、彦四郎さまと呼んでいる。

「里美は、花のそばにいてくれ。なに、道場で刀を抜いてやり合うことはないだろう」

そう言い置き、彦四郎は縁先に出ると、笹倉といっしょに道場にむかった。佐太郎も、後からついてきた。

彦四郎は裏手から道場に入って戸口に出た。戸口には、川田と若林がいた。ふたりとも、小袖に袴姿だった。稽古着を着替え、道場を出るところだったらしい。

　ふたりは彦四郎と笹倉の姿を目にすると、慌てて脇に身を引いた。

　道場の土間の先に、ふたりの武士が立っていた。ふたりとも網代笠をかぶっている。ひとりは、羽織袴姿で二刀を帯び、もうひとりは小袖に袴姿だった。笠の下からも、総髪であることが知れた。こちらは牢人らしい。

「道場主の千坂彦四郎か」

　羽織袴姿の武士が訊いた。

「いかにも。そこもとたちは」

「われらは、名乗るわけにはいかぬ」

「道場を訪れ、名乗りもしないのか」

「いかにも」

　羽織袴姿の武士が言った。

「そちらの御仁は、山崎稲九郎どのであろう」

　彦四郎は牢人らしい男に目をむけ、山崎の名を口にした。

「…………！」

牢人らしい男が、わずかに身を引いた。顔は見えなかったが、いきなり名を言われ、驚いたらしい。

「山崎などという男は、知らんな」

牢人らしい男は嘯《うそぶ》くように言ったが、声には昂ったひびきがあった。動揺しているらしい。

こやつ、山崎にまちがいない、と彦四郎は確信した。

「それで、何の用だ」

彦四郎が訊いた。

「千坂どのに、忠告しておく。命が惜しかったら、今後、藤田屋とはかかわらぬことだな。それに、八丁堀の者にも伝えておいてもらおう。いらぬ探索から手を引けとな」

羽織袴の武士が、静かだが強いひびきのある声で言った。

「どういうことか、分かりかねるが」

やはり、人攫い一味である。脅迫するために来たらしい。

「分かっているはずだ。それに、千坂藤兵衛には、今後いっさいわれらのことには手を出さぬよう、念を押しておいてくれ」

「断ったらどうする」

彦四郎は、胸に衝《つ》き上げてくる怒りを抑えて言った。

「そこにいる門弟もそうだが、おぬしの妻子の命もないものと思え」

「……………！」

彦四郎は、強い不安を覚えた。こやつらは、彦四郎や藤兵衛が事件から手を引かなければ、里美やお花にも手を出すつもりなのだ。

彦四郎が顔をこわばらせて立っていると、

「よいな。こうやって、おぬしと会って伝えたのは、ただの脅しではないからだ。門弟やおぬしの妻子がどうなってもよいのなら、われらに切っ先をむけるがいい」

羽織袴の武士が、よいな、と語気を強くして言い置き、踵《きびす》を返した。

彦四郎は戸口に立ったまま、去っていくふたりの武士の背に目をやっていた。顔はこわばり、握り締めた拳《こぶし》が震えている。

「なに！　山崎たちは、そんなことを言ったのか」

藤兵衛が驚いたような顔をした。

「はい、門弟たちだけでなく、里美や花の命もないと」

彦四郎が顔をこわばらせたまま言った。

そこは、千坂道場だった。道場内に、藤兵衛、彦四郎、弥八、佐太郎、永倉、それに里美の姿もあった。

彦四郎は、山崎と羽織袴姿の武士が帰った後、佐太郎に藤兵衛と弥八のところにまわるように頼み、道場に来てもらったのだ。

彦四郎は永倉にもこれまでの経緯を話し、道場に残ってもらった。こうなったら、永倉にも手を貸してもらうしかない。里美はお花が眠ったので、男たちのなかにくわわったのである。

4

六ツ（午後六時）を過ぎていた。道場のなかは薄暗かったが、燭台に火をつけようとする者はいなかった。

「それに、ふたりは、われらと藤田屋のかかわりも知っているようでした」

彦四郎が言った。

「迂闊に手が出せんな」

藤兵衛の顔は、いつになくけわしかった。

次に口をひらく者がなく、道場内は重苦しい沈黙につつまれていた。

「坂口の旦那に頼むしかねえ」

弥八が、つぶやくように言った。

「いや、きゃつらは、坂口のこともつかんでいるようだ。迂闊に動けば綾之助だけでなく、坂口自身も狙われるぞ」

藤兵衛が言った。

「あっしらは、何もできねえんですかい」

佐太郎が苛立ったように言った。

「それでは、人攫い一味の思う壺だ」

「でも、お菊ちゃんは、助けてやりたい……」

里美が訴えるように言った。

「お菊の他に、攫われた娘のこともある。その娘たちも、助けねばなるまい。……わしは、どうもこの道場のことが気になってならんのだ。女衒の辰と呼ばれる辰蔵はともかく、山崎と目黒の旦那と呼ばれる武士は、この道場に初めから目をつけていた節がある。わしらが藤田屋と姻戚関係にあるというだけでは、ないような気がするのだ」

「わたしも、そんな気がします」

彦四郎が言った。

「それに、たとえ、わしらが藤田屋から手を引いたとしても、攫われた娘たちが帰されるとは思えないのだ」

藤兵衛が言うと、黙って話を聞いていた永倉が、

「お師匠、それがしを使ってください。まだ、それがしは、きゃつらに目をつけられていないはずです」

と、身を乗り出すようにして言った。

永倉の巨体が薄闇のなかで、熊のように見えた。丸いふたつの目が、青白くひか

っている。

「永倉にも、頼みたい。わしも、きゃつらに気付かれないように動こう。脅しに屈して手をこまねいていては、人攫い一味の狙いどおりだからな」

藤兵衛が言うと、

「わたしも」

と、彦四郎が身を乗り出して言った。

「いや、彦四郎は動かんでくれ。人攫い一味の目は、道場にむけられているようだ。いざとなったら、彦四郎にも頼むが、いまは里美や花のそばからできるだけ離れないようにしてくれ」

「承知しました」

彦四郎はけわしい顔をしてうなずいた。

「それで、どう動きます」

永倉が訊いた。

「わしらにも、手がある。一味のひとり、浅吉の居所をつかんでいるのだ」

「お師匠、浅吉をお縄にするんですかい」

佐太郎が意気込んで訊いた。

「ちがう。佐太郎たちは、浅吉の住処を見張ってくれ。ちかいうちに、人攫い一味と顔を合わせるはずだ」

藤兵衛が佐太郎と弥八に目をやって言った。

山崎たちが藤田屋に姿を見せ、五百両の金を手にした後、残りの金を十日ほど後に取りに来る、と言い置いて店を出てから七日ほど過ぎていた。まだ十日は経っていないが、そろそろ仲間たちが顔を合わせ、藤田屋へ乗り込む手筈を相談するのではあるまいか。

「仲間の居所をつきとめるんですかい」

弥八が訊いた。

「そうだ。山崎か目黒の旦那と呼ばれる武士の居所が知れれば、ひそかに討つことができる。ひとり欠ければ、人攫い一味の力は半減するはずだ。そうなれば、浅吉を捕らえて吟味する手もある」

山崎の住んでいた借家は知れたが、そこを出たらしく、居所が知れなかったのだ。いまのところ、一味の武士は山崎と目黒の旦那と呼ばれる武士だけである。どちらかひとりになれば、恐れることはない。

「分かりやした。あっしと、佐太郎とで張り込みやしょう」

弥八が言うと、佐太郎もうなずいた。

「それで、藤田屋さんはどうします」

里美が心配そうな顔で訊いた。

「一味の者が、藤田屋に残りの金を取りに行く前に何とかしたいが、難しいな」

残された日がすくないので、それまでにお菊を助け出すのは難しいような気がした。それに、焦って仕掛けると、お菊の命を奪われかねない。

「お菊ちゃん、早く助け出してやりたい」

里美が、つぶやくように言った。

「そうだな」

藤兵衛の声には力がなかった。なかなか、お菊の監禁場所がつかめないのだ。

道場の闇は、いつの間にか深くなっていた。その場に座していた者たちを、夜陰がつつんでいる。

5

弥八と佐太郎は、米沢町の裏路地にいた。そこは、借家ふうの仕舞屋の板塀の陰である。ふたりはその場に身を隠し、斜向かいにある嘉兵衛店《よしべえだな》につづく路地木戸に目をやっていた。浅吉が姿をあらわすのを待っていたのだ。

「浅吉は出てきやすかね」

佐太郎が路地木戸に目をやりながら言った。

弥八たちは裏路地に来てから、通りかかった長屋の女房らしい女に浅吉の住む長屋が嘉兵衛店で、いまも浅吉がその長屋に住んでいることを聞いていたのだ。

「分からねえが、暗くなるまでには出てくるんじゃァねえかな。情婦《おんな》といっしょらしいが、狭《せめ》え家んなかで顔を合わせていたら、そのうち息がつまるだろうよ」

弥八が西の空に目をやって言った。

陽は西の空に沈みかけていた。七ツ半（午後五時）ごろになるのではあるまいか。

「出てこねえなァ」

佐太郎が両手を突き上げて伸びをした。

ふたりが、この場に身をひそめて二刻（四時間）ちかく経つが、浅吉はまだ姿を見せない。

「今日が駄目なら、また明日だ」

弥八は、浅吉の仲間が知れるまで張り込みをつづけるつもりでいた。いまは、それしか手はないのだ。

浅吉はなかなか姿をあらわさなかった。陽は沈み、佐太郎たちのいる板塀の陰には、淡い夕闇が忍び寄っている。

暮れ六ツ（午後六時）の鐘が鳴り、遠近《おちこち》から商いを終えて表戸をしめる音が聞こえてきた。

「出てこねえか」

そう言って、佐太郎が大欠伸《おおあくび》をしたときだった。

「おい、出てきたぜ」

弥八が言った。

佐太郎は、大口をあけたまま路地木戸に目をやった。

木戸をくぐって、遊び人ふうの男が路地から出てきた。浅吉である。浅吉は雪駄《せった》をちゃらちゃら鳴らしながら、表通りの方へ歩いていく。

「尾けるぜ」

「合点で」

弥八と佐太郎は、板塀の陰から路地に出た。

路地には、ちらほら人影があった。遅くまで仕事をした職人や道具箱を担いだ大工らしい男などが、足早に通り過ぎていく。

「店に入《へえ》ったぞ」

弥八が足を速めた。

浅吉が入った店は、路地の出口近くにあった一膳めし屋だった。店先から灯が洩れ、男の談笑の声が聞こえてきた。

弥八と佐太郎は、一膳めし屋の近くの路傍に足をとめた。

「やつは、一杯《いっぺえ》やりに来ただけですぜ」

佐太郎が、気落ちしたような顔をした。長い時間張り込み、やっと浅吉が姿を見せたが、一杯やりに来ただけでは、どうにもならない。

「すぐには、出てこねえな。……明日、出直すか」

そう言って、弥八が路地の先の通りに目をやったとき、路地に近付いてくる男が目にとまった。遊び人ふうである。

「佐太郎、身を隠せ」

弥八はすぐに、店仕舞いした小店の軒下闇に身を移した。

佐太郎も弥八の脇にまわり込んだ。

遊び人ふうの男は、路地に入ってきた。

「やつは、永次《えいじ》だ。たしか、浅草の駒形町辺りで遊び歩いているやつだったな」

弥八は永次を知っていた。知っていたといっても、顔を見たことがあるだけで話したこともなかった。

永次は一膳めし屋の縄暖簾をくぐってなかに入った。

「やつは、店に入りやしたぜ」

佐太郎が言った。

「永次は、浅吉に会いに来たのかもしれねえ」

弥八は永次の顔を見たとき、女衒の辰のことを思い出した。弥八は、女衒の辰こと辰蔵の情婦《いろ》が、駒形町で小料理屋をしていると坂口から聞いていた。永次の縄張《しま》も、駒形町である。永次は、辰蔵とつながっているのかもしれねえ、と弥八は思ったのだ。

「永次が、浅吉に何か伝えに来たにちげえねえ」

弥八が言った。

「どうしやす」

「こうなったら、やつらが出てくるまで待つしかねえな」

弥八と佐太郎は、店の軒下闇に身を隠したまま一膳めし屋に目をやった。

半刻（一時間）ほど経っただろうか。一膳めし屋から、浅吉と永次が出てきた。ふたりは、店先で何やら言葉を交わしてから左右に分かれた。

浅吉は、弥八たちのいる方に歩いてきた。永次は、表通りの方へむかっていく。

弥八と佐太郎は軒下闇に身を寄せたまま、息をつめて浅吉が通り過ぎるのを待った。

浅吉が通り過ぎて、後ろ姿が三十間ほど離れたとき、

「親分、浅吉を尾けやすか」

佐太郎が、声をひそめて言った。

「やつは放っておけ。塒の嘉兵衛店に、帰るだけだ。それより、永次だ」

弥八は足音を忍ばせ、路地沿いの店の軒下をたどるようにして表通りの方へむかった。佐太郎も、後についてきた。

弥八と佐太郎は一膳めし屋の前を通り過ぎて表通りに出ると、すぐに通りの左右に目をやった。

「親分、あそこだ！」

佐太郎が通りの先を指差した。

二町ほど先だろうか。永次の姿が、月光のなかに浮かび上がったように見えた。

「追うぞ」

「へい」

弥八と佐太郎は走りだした。

永次の後ろ姿が近付くと、ふたりは走るのをやめ、通り沿いの店の軒下闇をたどるようにして永次の跡を尾けた。

永次は表通りから両国広小路に出た。両国広小路は、夜陰につつまれていたが、ぽつぽつと人影があった。酔客、夜鷹そば、遊び人ふうの男、箱屋を連れた芸者らしい女などが、通り過ぎていく。

永次は浅草橋を渡り、奥州街道《おうしゅうかいどう》を北にむかった。ふだんは賑やかな街道も、いまは人影もなくひっそりと夜の帳《とばり》につつまれている。

「やつは、どこへ行く気ですかね」

歩きながら、佐太郎が訊いた。

「駒形町とみたぜ」

駒形町にある小料理屋に行くのではないか、と弥八は思った。

弥八の読みはあたった。永次は、駒形町の表通りから細い路地に入ってすぐのところにある小料理屋に入った。

小料理屋の名は、山吹屋だった。戸口の掛け行灯《あんどん》に、店名が書いてあったので分かったのだ。

「坂口の旦那が、言ってたとおりだぜ。山吹屋が一味の連絡の場になっているようだ」

弥八が、声をひそめて言った。おそらく、人攫い一味も用心してふだんは山吹屋に近付かず、町方に顔を知られていない永次を出入りさせているのかもしれない。

「親分、どうしやす」

「せっかくだ。もうすこし、張り込んでみよう。遅くなれば、大物が姿を見せるかもしれねえぜ」

「へい」

弥八と佐太郎は、路地の暗がりに身をひそめた。

それから、小半刻（三十分）も経っただろうか。山吹屋の格子戸があいて、永次が姿を見せた。

「永次、ひとりだ」

姿を見せたのは、永次だけだった。

永次は、足早に路地を表通りの方にむかった。

「やつを尾けよう」

弥八が言った。山吹屋は、いつでも見張れる。今夜は永次の行き先をつきとめよう、と弥八は思ったのだ。

永次は、駒形町の表通りをしばらく歩いてから、右手の裏路地に入った。永次は裏路地を一町ほど歩き、路地沿いにあった木戸をくぐった。長屋につづく路地木戸である。

弥八と佐太郎は、路地木戸の前で足をとめた。

「親分、この長屋がやつの塒ですぜ」

佐太郎が言った。

「そうだな」

「踏み込んでみやすか」

「今夜は、これまでだな」

弥八がげんなりした顔で言った。昼間から夜まで尾けまわした収穫は、永次が浅吉の仲間らしいことと、永次の塒が分かっただけである。

6

藤兵衛、永倉、弥八、佐太郎の四人は、竪川の船寄に下りる石段に腰を下ろしていた。以前、藤兵衛たちが藤田屋の店先を見張っていた場所である。

人攫い一味の山崎、猪之助、浅吉の三人が、藤田屋に残りの金は十日ほどして取りに来ると言い置いて帰ってから、今日は十日目だった。

昨日も、藤兵衛たちはこの場で藤田屋を見張ったのだが、人攫い一味は姿をあらわさなかった。

「今日あたり来そうだな」

永倉が、藤田屋の店先に目をやったまま言った。永倉は張り切っていた。町方同心にでもなったつもりでいるらしい。

藤兵衛が永倉に頼んだのは、いざというときに腕のたつ永倉がいれば、相手が多数であっても太刀打ちできると踏んだからである。

「来るなら、店をしめる前だな」

藤兵衛が西の空に目をやって言った。

陽は西の空に沈みかけていた。あと、小半刻（三十分）もすれば、暮れ六ツ（午後六時）の鐘が鳴るだろう。

それからしばらくして、暮れ六ツの鐘が鳴った。その音が鳴りやみ、あちこちから表戸をしめる音が聞こえてきた。

「来た！」

佐太郎が声を殺して言った。

藤兵衛たちは腰を浮かし、藤田屋に顔をむけた。

「おい、四人だぞ！」

四人の男が、足早に藤田屋の戸口に近付いてくる。

武士がふたり、町人がふたりだった。武士はふたりとも網代笠をかぶっていた。ひとりは、小袖に袴を穿《は》いていた。もうひとりは羽織袴姿である。町人は、ふたりとも腰切り半纏《ばんてん》に黒股引《くろももひき》姿だった。手ぬぐいで頬《ほ》っかむりをしている。左官か、屋根葺《ふ》き職人のような恰好だった。

藤兵衛たちが予想していたより、ひとり多かった。しかも、武士がふたりである。

「山崎がいる」

藤兵衛は、小袖に袴姿の武士の体軀に見覚えがあった。山崎であろう。もうひとりの武士は、目黒の旦那と呼ばれている武士ではあるまいか――。

四人は、躊躇なく藤田屋に入った。

「店に入《へえ》った！」

佐太郎は、いまにも石段を駆け上がっていきそうだった。

「待て！　佐太郎、いま店に踏み込んだら、お菊たちを助けることができなくなる」

藤兵衛が、佐太郎の肩をつかんで引きとめた。

藤田屋から丁稚がふたり、慌てた様子で出てくると、大戸をしめ始めた。山崎たち四人は、店に入ったままである。

ふたりの丁稚は大戸をしめ終わったが、山崎たちは姿を見せなかった。

「何をやってるんだ！」

永倉が声を上げた。左手で刀の鍔元《つばもと》を握り、右手を柄《つか》に添えた。いまにも、店内に踏み込んでいきそうな気配である。

「永倉、焦るな。お菊の監禁場所をつきとめるのが先だ」

藤兵衛が言った。

ここで、かりに山崎たち四人を討ち取ることができたとしても、監禁されているお菊たちは助け出せない。そればかりか、四人を討ち取れば、残る人攫い一味は監禁しているお菊たちを始末して、姿を消す恐れがある。

四人は、店から出てこなかった。辺りは夕闇につつまれ、竪川沿いの通りの人影もほとんどなくなった。汀《みぎわ》に寄せる小波《さざなみ》の音だけが、絶え間なく聞こえてくる。

「店に近付いてみるか」

藤兵衛たちは石段から上がり、岸際の柳の樹陰に身を隠した。以前、藤兵衛と弥八たちが、身を隠した場所である。

「遅《おせ》えな。やつら、何をやってるんだい」

佐太郎が苛立った声で言った。

そのときだった。ふいに、藤田屋のくぐり戸があいて、人影が通りに出てきた。頬っかむりした町人を先頭に、次々に男たちが姿を見せた。山崎たち四人である。

「やつらだ!」

佐太郎が声を殺して言った。

山崎たち四人は、足早に大川の方にむかっていく。四人の姿が遠ざかったとき、

「尾けやすぜ」

弥八が声をかけて、通りに出た。すぐに、佐太郎がつづき、ふたりからすこし間をとって、永倉と藤兵衛がつづいた。藤兵衛たち四人は人攫い一味に気付かれない

ように、尾行の手筈を相談してあったのだ。

山崎たちは、一ツ目橋のたもとを通り過ぎ、一町ほど行ったところで岸際の石段を下り始めた。

……舟で逃げる気だな。

藤兵衛は弥八から、この前のとき、山崎たち三人がどう逃げたか聞いていた。石段を下りたところに船寄があり、山崎たちは、船寄に繋いであった猪牙舟で逃げたという。

……だが、今日は逃がさぬ。

藤兵衛は胸の内でつぶやいた。

藤兵衛たちは山崎たちが舟で逃げることも想定し、弥八に話し、藤兵衛たちも舟で後を追えるよう一艘《いっそう》調達してあったのだ。

藤兵衛と永倉は、足を速めた。前を行く弥八と佐太郎が、小走りになったからである。

弥八と佐太郎は、石段の手前の柳の樹陰に身を隠した。そこから、石段の先にある船寄に目をやっている。山崎たち四人に気付かれないよう、身を隠して四人の様子を見ているらしい。

藤兵衛と永倉は、弥八たちの脇に屈《かが》んで船寄に目をやった。

……二艘か！

山崎たちはふたりずつになり、二艘の舟に乗り込んでいた。腰切り半纏に黒股引姿のふたりが、それぞれ別の舟の艫に立ち、棹を手にしている。その姿が様になっていた。どうやらふたりは、船頭の経験のある者たちらしい。

「舟が出る！」

佐太郎が声を殺して言った。

二艘の舟は、つづいて桟橋を離れた。山崎が先の舟に乗り、もうひとりの武士は後の舟である。二艘の舟は、竪川の川面を滑るように大川の方にむかっていく。

「下りやすぜ」

弥八が、足早に石段を下りた。山崎たちから見えないように、身を低くしている。

佐太郎、永倉、藤兵衛がつづく。

弥八は用意した舟に乗り込んで艫に立つと、

「急いで、くだせえ」

と、藤兵衛たちに声をかけた。弥八は船頭として働いた経験はなかったが、舟を扱うことができた。それで、船頭役を頼んだのである。

藤兵衛たち三人が乗り込むと、弥八は急いで舟を桟橋から離した。舟は揺れながら、大川の方にむかって進んでいく。

すでに、山崎たちの乗る舟は遠ざかり、夕闇のなかに霞《かす》んでいた。

弥八は懸命に棹を使った。それでも、先を行く山崎たちの乗る二艘の舟との距離はひろがっていく。

このとき、船寄近くの通りから、藤兵衛たちの乗る舟に目をやっているふたりの男がいた。

初老の町人だった。瘦身で面長、目が糸のように細く鼻梁《びりよう》が高い。絽羽織に細縞の小袖、渋い路考茶《ろこうちや》の角帯を締めていた。大店の旦那ふうだが、細い目に酷薄そうなひかりが宿っている。

もうひとりは、大柄な町人だった。四十がらみであろうか。眉の濃い、ギョロリとした目をしていた。

「やはり、千坂道場の者たちが見張っていたか。舟で跡を尾けていくが、追いつけめえ」

初老の男が言った。

「舟を二艘用意しておいたのが、あたりやした」

大柄な男が口許に薄笑いを浮かべて言った。

「千坂道場の者は脅しても、手を引きそうもねえな」

初老の男の顔がけわしくなった。

「山崎さまたちに話して、脅しだけでないことを見せてやりやすか」

「そうだな。このままでは、わしらのところまで手が伸びそうだ。……口だけでねえことを見せてやった方がいいな」

そう言うと、初老の男は踵を返した。

大柄な男がついていく。ふたりは、竪川沿いの通りを両国橋の方へむかった。

7

「やつらの舟は、大川に出やした！」

佐太郎が声を上げた。舳先《へさき》から身を乗り出すようにして、山崎たちの乗る舟に目をやっている。

山崎たちの乗る二艘の舟は、遠ざかるばかりだった。舟は夕闇のなかに霞んで、船影がかすかに見えるだけになった。

山崎たちは一艘にふたり、藤兵衛たちは一艘に四人乗っていた。しかも、山崎たちの艫に立ったふたりは、舟を扱うのに慣れた者らしかった。棹を扱うのが巧みである。これでは、引き離されて当然である。

「ちくしょう！　どうにもならねえ」

弥八は懸命に棹を使った。

棹を使うには、こつがある。力んで棹を使うと、舟は揺れるばかりでかえって遅くなる。

弥八が焦れば焦るほど、先を行く山崎たちの舟から離されていく。

先を行く山崎たちの二艘の舟が、見えなくなった。大川に出て、上流か下流にむかったためである。

藤兵衛たちの舟も、大川の近くまで来た。

「佐太郎、どっちだ！　上流か、下流か」

弥八が叫んだ。

「分からねえ！　やつらの舟は、見えねえ」

佐太郎は上流と下流に目をやったが、山崎たちの乗る舟がどれか分からなかった。

藤兵衛と永倉も目をやったが、見分けられない。

大川の川面は、夕闇のなかに広漠とつづいていた。川面は無数の波の起伏を刻みながら、上流は吾妻橋の先から、下流は遠く永代橋の彼方まで滔々《とうとう》と流れている。

船は日中よりすくなかったが、それでも川面には船影がいくつもあった。猪牙舟、屋形船、茶船などが夕闇にかすんでいる。

「下流にむけやす！」

弥八は、水押しを下流にむけた。大川の流れのなかに入ると、舟をとめておくことはできない。

「だめだ！　どれが、やつらの舟か分からねえ」

佐太郎が喚《わめ》くように言った。

藤兵衛たちの舟は、永代橋近くまで下ったが、山崎たちの舟を目にすることはできなかった。

「弥八、引き返してくれ」

藤兵衛が声をかけた。

してやられた、と藤兵衛は思い、臍《ほぞ》を噬《か》んだ。


翌朝、藤兵衛は明け六ツ（午前六時）前に華村を出た。行き先は、相生町にある藤田屋である。源次郎と惣太郎に会い、昨日の様子を訊くつもりだった。

藤兵衛は網代笠をかぶって顔を隠し、小袖にたっつけ袴を穿いていた。ふだんとはちがう旅の武芸者のような恰好である。藤兵衛と分からないようにしたのだ。

藤兵衛は、藤田屋の背戸《せど》から入った。台所にいた下働きの与作が、藤兵衛の姿を見て驚いたような顔をしたが、すぐに惣太郎に知らせてくれた。

藤兵衛は、帳場の奥の座敷で惣太郎と顔を合わせた。すこし遅れて、隠居の源次郎も姿を見せた。惣太郎と源次郎の顔は、疲労と不安の色が濃かった。昨夜は眠れなかったらしく、目が充血している。

「昨日はどうなった」

すぐに、藤兵衛が訊いた。

「ち、千坂さま、困ったことになりました。昨日、一味の者が来まして、用意した二百両を持っていかれました」

惣太郎が声を震わせて言った。

「それでどうしたな」

藤兵衛は、藤田屋を見張り、一味の者たちの跡を尾けたことは、惣太郎たちに話さないでおこうと思った。逃げられたと聞いたら、よけい心配するだろう。

「たった二百両かと、ひどく怒って……。千両にまけてやるから、すぐに渡せ。渡さなければ、娘の命はない、と言われました」

惣太郎が声をつまらせて言うと、脇にいた源次郎が、

「て、てまえも、聞いております。人攫い一味は、十日後に千両取りに来ると言って、帰ったのです」

そう、言い添えた。膝の上で握りしめた拳が、ブルブルと震えている。

「千両だと……」

藤兵衛は、十日で千両用意するのは無理だろうと思った。すでに藤田屋では、有り金や貸した金を掻き集めたりして七百両を用意し、人攫い一味に渡しているのだ。

「ひ、人攫い一味は、金がなければ借りろ。……この店を、借金のかたにすれば、何とか集められるだろう、と言ったのです」

惣太郎の目に、縋るような色があった。

「うむ……。十日か」

人攫い一味は、藤田屋から金を絞れるだけ絞り取ろうとしているようだ。おそらく、黒崎屋と越野屋に対してもそうだろう。

「ど、どうやっても、千両は集められません」

「十日の間に、できるだけのことをする。その間に、お菊の監禁場所がつきとめられれば、何とかなるが……」

藤兵衛は、そう言うしかなかった。

「………」

惣太郎と源次郎の顔に、不安と苦悩の色があった。十日のうちに、お菊を助け出すのはむずかしいと思っているのだろう。

「もし、お菊を助け出す目星がつかなかったら、集められた金だけ渡し、引き伸ばせるだけ引き伸ばすしか手はないな。人攫い一味も、お菊を殺すようなことはしないはずだ。殺してしまえば、金を要求できなくなるばかりか、人質を失って己の身が危うくなるからな」

藤兵衛は、何としても十日のうちにお菊たちの監禁場所をつきとめたい、と思った。

「藤兵衛どの、菊を助けてください。菊は、藤田屋にとって掛け替えのない娘です」

源次郎が訴えるように言うと、惣太郎は畳に両手をついて頭を下げ、

「娘を、娘を助けてください」

と、声を震わせて言い添えた。

第四章　お花の危機

1

　彦四郎は午後の稽古が終わった後、若い門弟たちが道場の掃除をするのを見ていた。永倉は、道場の隅で、ひとり木刀を振っている。

　ちかごろ、残り稽古をする門弟はいなかった。若い門弟たちが残り稽古で遅くなったとき、山崎と思われる牢人や遊び人ふうの男に、跡を尾けられたことが何度かあった。そのため、彦四郎は午後の稽古が終わったら残り稽古はせずに、まとまって帰るよう門弟たちに話したのだ。

　彦四郎が道場の隅に立っていると、川田と笹倉が近寄ってきて、

「お師匠、気になることがあったのですが」

　と、川田が声をひそめて言った。

「何があったのだ」

「笹倉といっしょに、午後の稽古に来たとき、道場の隅に立っているふたりの男を見かけたのです」

川田が言うと、笹倉がうなずいた。

「どんな男だ」

「ふたりとも、左官か屋根葺きのような恰好をしていました」

川田によると、ふたりは紺の腰切り半纏に黒股引姿だったという。

そのとき、永倉が木刀を手にしたまま、彦四郎のそばに近寄ってきた。川田たちと話しているのを目にとめたらしい。

「ふたりは、そこで何をしていたのだ」

彦四郎が訊いた。

「道場の脇から、庭の方を見ていました」

川田と笹倉の話によると、庭にはお花がいて、榎の下で木刀を振っていたという。また、里美は縁先に腰を下ろして、お花に目をやっていたそうだ。

「その後、ふたりは何か話していましたが、忍び足で通りに出ると、そのまま柳原通りの方にむかいました」

　川田が言った。

「手ぬぐいで頬っかむりしていなかったか」

　永倉が口をはさんだ。

「いえ、頬っかむりはしていません」

「そうか。……いずれにしろ、母屋の様子を探っていたようだ」

　永倉がけわしい顔をして言った。

　彦四郎は、人攫い一味ではないか、と思った。しかも、ふたりの男は道場ではなく、母屋の様子を探っていたらしい。狙いは、お花と里美ではあるまいか。彦四郎の顔がこわばった。

「まァ、町人なら気にすることはあるまい。川田たちは早く掃除を切り上げて、帰ることだな」

　彦四郎は平静を装って言った。ここで彦四郎が、里美やお花が狙われていることを口にすると、若い門弟たちが騒ぎ立てるのではないかと思ったのだ。

　彦四郎は門弟たちを帰した後、

「永倉、頼みがある」

と、永倉に身を寄せて言った。

「なんだ」

「何か起こるような気がする」

「おぬし、ふたりの男が人攫い一味とみたのだな」

永倉が顔をけわしくした。

「そうだ。……狙いは花と里美ではあるまいか」

「おれもそうみた」

「きゃつらが襲うのは、今夜かもしれん」

ふたりの男は、門弟たちが帰ると、母屋には彦四郎、お花、里美の三人だけしか残らないことをつかんでいるだろう。

「今夜、道場にいてくれんか」

「むろんそのつもりだが……。おぬしとおれだけでは、後れをとるかもしれんぞ」

永倉が、山崎と目黒の旦那と呼ばれる武士、それに何人かの町人が踏み込んでくるのではないか、と言い添えた。

「義父上にも、来てもらおう」

彦四郎は、おくまに頼もうと思った。

おくまは、年配の女だった。近所に住む大工の女房だったが、何年も前に亭主が死に、瀬戸物屋に嫁いだお峰《みね》という娘の仕送りで暮らしている。

藤兵衛が里美とふたりで暮らしていたころ、おくまは通いで千坂家に下働きに来ていたのだ。ところが、里美が彦四郎といっしょになり、お花が生まれてから、家事は里美がするようになった。それで、おくまは下働きをやめたが、いまでも千坂家で何かあると顔を出していた。

「すぐに、おくまに話してくる。永倉は、ここにいてくれ」

彦四郎は母屋にもどり、着替えてからおくまの許に走った。

おくまは、華村への使いを快く引き受けてくれた。もっとも、長屋で独り暮らしをしていたこともあり、暇を持て余していたようだ。

彦四郎が道場にもどると、永倉は稽古着を着替えて彦四郎を待っていた。

「どうだ、母屋に来てくれないか。花も喜ぶはずだ」

彦四郎が言った。お花は、永倉に懐いていた。熊のような風貌《ふうぼう》に似合わず、子供好きでお花とよく遊んでくれるのだ。

「そうするか」

永倉も、道場で夜を過ごす気はないようだった。それに、夕めしを食わねば、腹が保《も》たないだろう。

彦四郎が永倉を母屋に連れていくと、お花は、

「熊さんが来た！」

と、声を上げ、永倉のそばに飛んできた。お花は幼児のころから、熊のような体軀の永倉を見て、熊ちゃんとか熊さんと呼んでいたのだ。

「お花どの、一手、お手合わせを願いたい」

永倉は厳めしい顔をして言った後、ニコリ、とし、「今日は遅いから、お手合わせは明日にいたそう」と言い添えて、お花の頭を撫でてやった。

「熊さん、明日、明日、道場で勝負だぞ」

お花が嬉しそうな顔をして言った。

「望むところだ」

永倉は、これまでも稽古の後、遊びでお花と立ち合い、わざと打たせてやっていた。稽古の後、お花は永倉や門弟たちと遊ぶのが大好きだった。

彦四郎は永倉がお花と戯れているのを見て、里美にそれとなく事情を話した。里美は黙って聞いていたが、彦四郎の話が終わると、

「お花は、わたしが守ります」

気丈な顔をして言った。

里美は、彦四郎や永倉がお花に気をとられていると、存分に闘えないとみたのである。里美は女ではあるが、剣の遣い手だった。真剣勝負の経験もある。

2

「だれか、来るぞ！」

永倉が障子の間から外を見て言った。

彦四郎も、すぐに障子の間から外を見た。庭は濃い夕闇につつまれていた。六ツ半（午後七時）ごろかもしれない。

道場の脇に黒い人影があった。ふたり――。ひとりは武士で、もうひとりは町人らしかった。ふたりは足音を忍ばせて、母屋に近付いてくる。

……ふたりだけか。

彦四郎は、ふたりなら恐れることはないと思った。

だが、他にも人影が見えた。ふたりの後ろから、さらに何人か近付いてくる。三、四人はいるようだ。

「六人だ！」

永倉が声を殺して言った。

総勢六人だった。いずれも、手ぬぐいで頬っかむりをしている。

六人のうち、武士はふたりだった。まだ、何者か分からないが、山崎と目黒の旦那と呼ばれる武士ではあるまいか。

他の四人は、いずれも町人だった。遊び人ふうの男がふたり、腰切り半纏に黒股引姿の男がふたりだった。四人とも、すこし腰を屈め、忍び足で近付いてくる。獲物に迫る野犬のようだった。

「父上は、まだなの」

里美が言った。声が、昂っている。

藤兵衛は、まだ姿を見せなかった。おくまは足が遅いが、そろそろ来てもいいころである。

「母上……」

お花が、里美に身を寄せた。

大人たちのやり取りとその場の緊張した雰囲気で、何者かが家に押し入ってくるのを察知したようだ。

「里美、お花を奥の部屋へ」

彦四郎が小声で言った。

「はい！」

里美はお花の肩を抱くように腕をまわし、

「花、母と奥に身を隠します。声を出さないようにね」

と、声をひそめて言った。

「………！」

お花は顔をこわばらせたが、ちいさくうなずいて、はい、と小声で答えた。

里美はお花とともに座敷を出ると、奥にむかった。

「来るぞ！」

六人の男が忍び足で縁先に近付いてくる。

「ひとりは、山崎だ」

永倉が小声で言った。

山崎ともうひとりの武士は、小袖に袴姿だった。武士は襷で両袖を絞っている。ふたりは抜き身を手にしていた。その刀身が、夕闇のなかで青白くひかっている。

四人の町人は、いずれも匕首を手にしていた。その匕首を胸の辺りに構えている。

彦四郎と永倉も、刀を抜いた。抜き身を引っ提げたまま、障子の間から男たちに目をやっている。

「永倉、やつらが縁側に上がったら、斬り込むぞ」

彦四郎は、六人を座敷に上げたら里美とお花は守りきれないとみた。何としても、座敷に上げる前に食いとめねばならない。

永倉は無言でうなずいた。丸い大きな目が、薄闇のなかでうすくひかっている。闇にひそんで獲物を待つ猛獣のような凄《すご》みがある。

匕首を手にした男がふたり、縁側の前に来た。山崎と襷掛けの武士は、ふたりのすぐ後ろにいる。

匕首を手にしたふたりの男が、先に縁側に上がった。つづいて、山崎と襷掛けの武士が沓脱《くつぬ》ぎ石から、縁側に上がろうとしている。

「いまだ！」

彦四郎は、障子をあけて縁側に飛び出した。ほぼ同時に永倉も飛び出し、縁側に上がった男のひとりに迫った。

一瞬、ふたりの男は、ギョッとしたように立ち竦んだが、次の瞬間、逃げようとして反転した。

そこへ、彦四郎と永倉が踏み込み、手にした刀を一閃させた。一瞬の太刀捌《さば》きである。

ザクリ、とひとりの男の背が裂けた。

彦四郎の切っ先が、男の背を袈裟に斬り裂いたのだ。

あらわになった男の肌に、血が噴いた。もうひとりの男も、着物の背が裂けたが、かすり傷らしい。

ふたりの男は地面に飛び下りて、よろめいた。彦四郎に斬られた男は、呻き声を上げながら道場の脇の暗がりの方へ逃げた。

「ふたりだ！」

縁側の先にいた男が、彦四郎と永倉を見て叫んだ。

「師範代の永倉ですぜ」

別の男が言った。

どうやら、永倉がいるとは思っていなかったようだ。

「どけ！　おれと山崎とで、ふたりを斬る。おまえたちは家に踏み込んで、女と子供を始末しろ」

襷掛けの武士が、男たちに指示した。

すぐに、襷掛けの武士が彦四郎の前に立ち、山崎は抜き身を引っ提げたまま永倉の前にまわり込んだ。

「永倉、ひとりも上げるな」

彦四郎が声をかけた。

「おお！」

彦四郎と永倉は、前に立った敵に切っ先をむけた。

縁側に立つ彦四郎と、一段低い地面に立った武士――。かなりの段差がある。平地での闘いとはちがう。

彦四郎は青眼に構えた刀身を下げて、剣尖を敵の目線につけた。下段にちかい構えである。

対する襷掛けの武士は、八相《はっそう》に構えた。両肘《りょうひじ》を高くとり、刀身を横に寝かせている。彦四郎の足を払おうとしているのだ。絶妙な間合の取り方だった。一歩、踏み込めば彦四郎の足を薙《な》ぎ払うことができる。

……手練《てだれ》だ！

彦四郎は、背筋を冷たい物で撫でられたような気がして身震いした。怯《おび》えや恐れではなかった。剣客が遣い手と対峙したときの武者震いといっていい。

そのとき、武士の背後にいた男が、縁側の隅にまわった。縁側に上がろうとしている。その姿を目の端にとらえた彦四郎は、男の方にすばやく動いた。男は縁側から家に入るつもりなのだ。

対峙した武士は、摺り足で彦四郎に迫ってきた。

咄嗟に、彦四郎は足を引いて武士との間合をとった。この隙に、男は縁側に上がり、座敷の障子をあけた。

武士は八相から彦四郎の足を払い斬りにする気配を見せて、彦四郎の動きをとめたのだ。

彦四郎はどうにもならなかった。座敷に入った男は、里美にまかせるしかない。

そのとき、鋭い気合と刀身の弾き合う音がひびいた。永倉が縁先から斬り込み、山崎が切っ先をはじいたのだ。

3

彦四郎と武士は、縁側と地面に立ったまま対峙していた。彦四郎は下段のように低く構えて、一段低い地面に立っている武士に剣尖をむけている。

対する武士は八相に構えた刀身を横に寝かせ、彦四郎の足を払おうとしていた。

一段高い場所にいる彦四郎に利があるとは言えない。むしろ、不利かもしれない。高い場所にいる者は、斬撃の瞬間、身を低くして両腕を伸ばさなければ、切っ先が敵にとどかない。一方、低い場所にいる者は踏み込みさえすれば、上段にいる者の足を払い斬りにすることができる。

……このままでは、勝負にならない！

彦四郎は、身を引いて武士との間合をとった。

「脇から、家に上がれ！」

武士が、近くにいた男に声をかけた。

匕首を手にした男が、まだふたり残っていた。ふたりの男が、彦四郎から離れた場所に動き、縁側に上がろうとした。

すかさず、彦四郎はふたりの方に走り寄り、縁側に踏み込んだ男に刀をふるった。これ以上、家に入れるわけにはいかなかった。里美も、相手がふたりではお花を守りきれないだろう。

ワッ、と声を上げ、ひとりの男が縁側から飛び下りた。もうひとりは、縁先から飛び退《の》いた。

この隙に、武士が縁側に踏み込み、切っ先を彦四郎にむけた。

……まずい！

彦四郎は、武士に家のなかに踏み込まれる、と思った。

すばやく、彦四郎は青眼に構えて切っ先を武士にむけ、間合をつめた。ここで立ち合い、武士を家のなかに入れまいとしたのだ。


このとき、里美は部屋に踏み込んできた男と対峙していた。男は腰切り半纏に黒股引姿で、匕首を顎《あご》の下に構えていた。頰っかむりした手ぬぐいの間から、細い目がうすくひかっていた。蛇《くちなわ》を思わせるような目である。

里美は小刀を手にし、切っ先を男にむけていた。お花は、里美の後ろにまわって身を硬くしている。

「女《あま》、やる気かい」

男は薄笑いを浮かべた。里美を女とみて侮ったようだ。里美が、剣の遣い手であることを知らないらしい。

「かかってきなさい！」

里美が鋭い声で言った。

「やる気なら、容赦しねえぜ」

男は笑いを消し、匕首を構えたまま摺り足で間合をつめてきた。

里美は立ったまま男との間合を読んでいた。そして、男が小刀の一足一刀の間合に踏み込んだ刹那《せつな》――。

里美は小刀を振りかぶり、

エイッ！

と、鋭い気合を発して踏み込んだ。

一瞬、男は動きをとめ、匕首を振り上げて、里美の斬撃を受けとめようとした。

刹那、里美の体が躍り、閃光が袈裟に走った。小刀だが、鋭い一撃である。

切っ先が、振り上げた男の右腕をとらえた。バサッ、と着物の裂ける音がし、あらわになった男の二の腕から血が噴いた。

男は匕首を取り落とし、悲鳴を上げて後じさった。顔が、驚怖にゆがんでいる。

「ち、ちくしょう……」

男はよろめくような足取りで廊下に出ると、縁側の方に逃げた。

お花が、里美の背後から身を寄せ、

「母上！」

と、声を上げ、里美の腰のあたりにしがみつこうとした。

里美はお花の方に体をむけて腰を屈めると、

「もう大丈夫、悪いやつは逃げましたよ」

優しい声で言い、お花の体を抱き締めてやった。

彦四郎は武士との間合が狭まると、
イヤアッ！

裂帛《れっぱく》の気合を発して、斬り込んだ。

振りかぶりざま、真っ向へ——。鋭い斬撃だった。

刹那、武士は体《たい》をひらきざま刀を袈裟に払い、彦四郎の斬撃を払い落とそうとした。シャッ、と鎬《しのぎ》の擦《こす》れる音がし、青火が散って、ふたりの刀身が流れた。

次の瞬間、ふたりは背後に跳びざま、二の太刀をふるった。

彦四郎は刀身を横に払い、武士は突き込むように籠手をみまった。彦四郎の切っ先は武士の袖を裂き、武士の切っ先は彦四郎の右の前腕をかすめて空を切った。

一瞬の攻防である。

ふたりは相青眼に構えた。剣尖が触れ合うほどの近間《ちかま》である。縁側は狭く、間合がとれないのだ。

そのとき、道場の脇から走り寄る足音が聞こえた。縁先にいた山崎が身を引いて、道場の方に目をやった。

「千坂藤兵衛だ！」

山崎が叫んだ。

姿をあらわしたのは、藤兵衛だった。藤兵衛は荒い息を吐きながら、近付いてくると、

「ま、待て！　わしが相手だ」

と、声をつまらせて叫んだ。走りづめで、息が上がったらしい。

彦四郎と対峙していた武士が、慌てた様子で後じさり、

「勝負はあずけた！」

と言いざま、縁先から庭に跳び下りた。

これを見た山崎は、

「引け！　引け！」

と、近くにいた男たちに叫んだ。

武士が先に逃げた。山崎がつづき、さらに三人の男が、山崎たちの後を追った。

家に踏み込んで、里美に腕を斬られた男の姿もあった。彦四郎に背中を斬られた男も、山崎たちといっしょになり、よろめくような足取りで逃げていく。

藤兵衛は武士の前にまわり込もうとしたが、間に合わなかった。走りづめで来たため、息が上がって体が思うように動かなかったのである。

藤兵衛は、逃げる武士の横顔に目をやった。そのとき、武士が藤兵衛の方に顔をむけた。武士は慌てた様子で走り去り、道場の脇から表通りの方にむかった。

……あやつ！　どこかで見たような気がする。

藤兵衛は記憶をたどったが、思い出せなかった。もっとも、暗がりで、武士の顔はほとんど見えなかった。しかも、一瞬見ただけである。ただ、顔の感じと体付きから、どこかで見たような気がしたのである。

「爺々さま！」

お花の声が聞こえた。

見ると、縁側に彦四郎、里美、お花、それに永倉が立っていた。

「みんな、無事か！」

藤兵衛は声を上げ、縁側に駆け寄った。

4

「親分、聞いてやすか」

佐太郎が弥八に声をかけた。

「何のことだい」

「昨夜《ゆうべ》、若師匠の家に、人攫い一味が押し込んだんですぜ」

「聞いてるよ。それより、店から目を離すんじゃァねえぞ」

弥八が顔をしかめて言った。

佐太郎と弥八は、駒形町に来ていた。ふたりは小間物屋の脇の暗がりに身をひそめていた。そこから、斜向かいにある小料理屋の山吹屋を見張っていたのである。

山崎たちが道場の母屋を襲った翌朝、道場に顔を出した佐太郎は、藤兵衛から、弥八を呼んでくれ、と言われた。そして、弥八とふたりで山吹屋を見張るよう指示されたのだ。

一方、藤兵衛は八丁堀にも出かけ、坂口に会って浅吉の塒を見張るよう頼んだ。

藤兵衛は追いつめられていた。人攫い一味が、藤田屋に金を取りに来る、と言い残したのは十日後だったが、あと六日しかなかった。しかも、千坂道場の里美たちが襲われたこともあり、彦四郎や藤兵衛は道場を留守にして出歩けなくなった。それで、藤兵衛は弥八たちと坂口に頼み、これまでにつかんだ浅吉の塒と、一味の連絡場所になっているらしい山吹屋を見張るよう頼んだのだ。

「山吹屋に、人攫い一味が顔を出しやすかね」

佐太郎が言った。

「分からねえよ」

「親分、あっしは、女衒の辰が顔を出すんじゃァねえかとみてるんでさァ」

佐太郎が丸い目をひからせた。

「それじゃァ、店先から目を離すな」

弥八が言った。

そのとき、路地の先に遊び人ふうの男が姿を見せた。山吹屋の方に歩いてくる。

「永次だ！」

佐太郎が、身を乗り出すようにして男に目をやった。

「ひとりかい」

弥八の声には、がっかりしたようなひびきがあった。永次の塒は分かっていたし、跡を尾けても得るものはないだろう。

永次は山吹屋の店先に足をとめ、辺りに目をやってから格子戸をあけた。

「一杯《いっぺえ》、やりに来たのかな」

「そうかもしれねえなァ」

弥八は気のない返事をした。

それからいっときし、路地に大柄な男があらわれ、山吹屋の店先に足をむけた。細縞の羽織に同柄の小袖姿だった。商家の旦那ふうである。

「あいつは、だれだい」

弥八が身を乗り出すようにして男を見た。

店先の掛け行灯の明りに、男の顔が浮かび上がった。眉の濃い、ギョロリとした目をしている。

「客かもしれねえ」

佐太郎が首をひねった。

弥八たちは知らなかったが、藤兵衛たちが藤田屋から人攫い一味の跡を尾け、猪牙舟に乗り込んだとき、通りから初老の男といっしょに藤兵衛たちに目をむけていた男である。

それから、職人らしいふたり連れと小店の旦那ふうの男が山吹屋に入ったが、人攫い一味と思われる者は姿を見せなかった。

「親分、今夜は引き上げやすか」

佐太郎が、生欠伸を噛み殺して言った。

「そうだな。腹も減ったし、今夜は帰《けえ》るか」

弥八は小間物屋の脇から路地に出ようとした。

ふいに、弥八の足がとまった。山吹屋の格子戸があいて、何人か出てきた。永次、大柄な男、それに女将のお秋である。

弥八は慌てて小間物屋の脇にもどり、佐太郎とふたりで山吹屋の店先に目をやった。

「女将さん、また来るぜ」

大柄な男が、お秋に声をかけた。

「利根さん、旦那によろしくね」

お秋が言った。

ふたりのやり取りを耳にした弥八が、

「や、やつは、利根造だ！」

と、声をつまらせて言った。利根造は、女衒の辰こと辰蔵の右腕と目されている男である。

「やつが、利根造か」

佐太郎は目を剝いて、利根造を見つめている。

利根造と永次は山吹屋の店先から離れ、表通りの方に足をむけた。ふたりの姿が路地の先に離れると、お秋は踵を返して店に入った。

「佐太郎、ふたりを尾けるぜ」

弥八と佐太郎は、路地に出た。

利根造と永次の姿は、半町ほど先にあった。路地は夜陰につつまれていたが、小料理屋、飲み屋、一膳めし屋などから洩れる灯で、ふたりの姿を見ることができた。

尾行は楽だった。表戸をしめた店の軒下闇をたどれば、利根造たちが振り返っても見ることはできないのだ。

利根造たちは、いっとき路地をたどって表通りに出た。そこは、浅草寺の門前通りだった。ぽつぽつと人影があった。料理屋、料理茶屋、そば屋などが並び、通りは明らんでいる。

利根造たちは、表通りを浅草寺の方にむかって歩いていく。

「やつら、どこへ行く気だい」

佐太郎がつぶやいた。

「大物のところかもしれねえぜ」

「親分、大物ってえなァ、だれです」

「おめえが口にした女衒の辰よ」

弥八が、ふたりの後ろ姿を睨むように見すえて言った。

5

利根造と永次は並木町まで来ると、右手の路地に入った。そして、半町ほど路地を歩いてから、女郎屋に足をむけた。戸口に、橘屋《たちばなや》と染め抜かれた大きな暖簾が下がっている。隣りは、料理茶屋だった。

橘屋の戸口の脇に床几《しょうぎ》が置いてあり、弁慶格子《べんけいごうし》の小袖の袖を捲《まく》り上げ、両腕をあらわにした遊び人ふうの男が腰を下ろしていた。妓夫《ぎゆう》だった。妓夫は、客の呼び込みや用心棒などをやっている。

利根造と永次は、妓夫に何か声をかけてから店に入った。

「親分、やつら、女郎を買いに来ただけですぜ」

佐太郎が渋い顔をして言った。

「やつらは、ただの客じゃァねえ。……佐太郎、妓夫を見たかい。利根造に頭を下げてたぜ」

「そういやァ、頭を下げてたな」

「常連だって、頭は下げねえぜ。妓夫は利根造のことを知っているにちげえねえ」

「…………！」

佐太郎が目を剝いた。

「ここが、女衒の辰の隠れ家かもしれねえ」

弥八が低い声で言った。夜陰のなかで、双眸がうすくひかっていた。獲物を追う野犬のような目である。

「親分、店に入《へえ》ってみやすか」

「店に入ってどうするんだい。女郎にでも、訊いてみるのかい。それに、女郎を抱くには銭がいるぜ」

「女郎を抱くほど、銭は持ってねえ」

佐太郎が首をすくめた。

「女衒の辰は店にはいねえだろう。利根造が、橘屋のあるじかもしれねえなァ」

弥八は、女郎屋のあるじは目立ち過ぎるとみたのだ。

「そうか。子分の利根造に、店をやらせているのか」

佐太郎が納得したようにうなずいた。

「攫われた娘たちは、この店のどこかにいるかもしれねえ。女郎屋なら禿《かむろ》みてえな若い娘がいてもおかしくねえからな。客が部屋に閉じ込められている娘たちを見ても、若い女郎が折檻《せっかん》されてると思うだけだろうよ」

「親分、どうしやす」

佐太郎が意気込んで訊いた。

「店の裏手にまわってみるか。おれは、女衒の辰も、この近くに身をひそめているような気がする」

「裏手に、まわれやすかね」

「裏手にも路地があるようだ。どこからか、裏手にまわれるだろう」

弥八と佐太郎は、橘屋の前を通り過ぎた。店の近くに、裏手につづくような路地はなかった。

半町ほど歩くと、料理屋とそば屋の間に細い路地があった。表通りから裏路地につづいているらしい。

「行ってみるか」

弥八たちは、路地に入った。

路地は、すぐに別の路地に突き当たった。表通り沿いの店の裏手につづいている細い路地である。

「ここだな」

弥八たちは橋屋の方に足をむけた。

すこし歩くと、橋屋の裏手に出た。思ったより、店の裏手はひろかった。橋屋の裏手には、洒落《しやれ》た造りの別の店があった。ただ、造りはちいさく、表通りに面した店の半分ほどしかなかった。周囲を松や紅葉などの庭木がかこっている。

それでも、二階建てで、一階にも二階にも三、四間はありそうだった。そのいくつかの部屋から灯《ひ》が洩れ、かすかに談笑の声や嬌声が聞こえた。

「ここには、金持ちだけが気に入った女郎を相手に楽しむ座敷が、あるのかもしれねえ」

弥八と佐太郎は、裏手に目をやりながらゆっくりと通り過ぎた。

裏手の路地から、橋屋の表と裏のどちらの店にも行けるようになっていた。若い衆や包丁人、下働きの男などが、出入りしているのかもしれない。

「だれかに、店の様子を訊いてみてえな」

弥八は、近所の住人か橘屋に出入りしている者に訊けば、様子が知れるだろうと思った。

「この路地には、だれもいませんぜ」

佐太郎が言った。

表通りに並ぶ料理屋や料理茶屋などの裏手になっているので、人影はなかった。月明りがあったので何とか歩けるが、路地の闇は深く、食い物の腐ったような嫌な臭いがただよっていた。

「そこに、だれかいるぞ」

暗がりで人影が動き、水音がした。そこは、料理茶屋の裏手だった。店の背戸から出てきたのかもしれない。

小柄な男だった。手桶を持っていた。店の裏手にある溝《どぶ》に水を捨てている。汚水を捨てに来たようだ。下働きの男であろう。

弥八と佐太郎が近付くと、男はギョッとしたように身を硬くして振り返った。初老だった。すこし、背がまがっている。

「脅かしちまったかい。すまねえ」

弥八が、男に声をかけた。

「何か用かい」

男の声に、うわずったひびきがあった。まだ、胸の動悸が収まらないようだ。

「そこに、橘屋があるな」

「ありやすが」

男は手桶を持ったまま言った。

「ちょいと、訊きてえことがあるんだ」

弥八は懐から巾着を取り出し、波銭を何枚か摘まみ出すと、

「とっといてくれ」

と言って、男の手に握らせてやった。

「ヘッへへ、すまねえ」

とたんに、男の顔に笑みが浮いた。鼻薬が利いたらしい。

「おれの知り合いの娘が、橘屋に売られたらしいんだ。名はお松《まつ》だが、知ってるかい」

弥八は、お菊の名を出さなかった。お菊が橘屋に監禁されているとしても、お菊

という名が、近所の店の奉公人にまで洩れているはずはない。

「知らねえなァ。……それに、女郎屋の女たちは、お松なんてえ名は使わねえ。みんな、別の名がついてるよ」

男が言った。女郎屋にいる女たちは、源氏名を使うのである。

「橘屋の旦那を知ってるかい」

弥八が声をあらためて訊いた。

「利根造さんだよ」

「そうかい」

やはり、利根造か、と弥八は胸の内でつぶやいた。

「裏手にも、客を入れる店があるようだな」

「へえ、あそこには、上客が馴染《なじ》みと流連《いつづけ》で楽しむ座敷があるんでさァ」

男は口許に薄笑いを浮かべて言った。卑猥《ひわい》な光景でも、思い浮かべたのかもしれない。

「それにしては、いくつも座敷があるようだ」

「くわしいことは知らねえが、一階には旦那の身内が住んでるようですぜ」

「身内がな」

「旦那にも、情婦《おんな》がいるって噂で……」

また、男の口許に薄笑いが浮いた。

「とっつァん、手間をとらせたな」

弥八は男に礼を言って、その場を離れた。これ以上、訊くことはなかったのである。

「親分、攫われた娘たちは裏手の店にいるんじゃァねえかな」

佐太郎が後についてきながら言った。

「おれも、そうみたぜ」

ともかく、弥八は藤兵衛の耳に入れておこうと思った。

6

藤兵衛は弥八から話を聞くと、

「女郎屋か……」

とつぶやいて、考え込むように虚空に視線をとめた。

藤兵衛も弥八の話を聞いて、攫われたお菊たちは、橘屋に監禁されているような気がした。

「旦那、橘屋に踏み込んで、お菊たちを助けやしょう」

佐太郎が意気込んで言った。

そこは千坂道場だった。藤兵衛、弥八、佐太郎、彦四郎、永倉の五人が、床に腰を下ろしていた。門弟たちの姿はなかった。朝稽古が終わった後、弥八と佐太郎が道場に顔を見せ、藤兵衛たち三人が集まったのである。

「お菊たちがいるかどうか、確かめてから踏み込みたい」

藤兵衛は、いるだろう、という推測で踏み込むのは、大きな賭けだと思った。踏み込んで、お菊たちがいなかったら、攫われたお菊たち三人を助け出すのはさらに困難になるだろう。

「だが、日がない。あと、五日だ」

藤兵衛の顔には、苦渋の色があった。

藤田屋に人攫い一味が金を取りに来るまで、あと五日である。藤兵衛は、今度は日を延ばすのはむずかしい気がしていた。下手をすると、人攫い一味は藤田屋から金を取ることをあきらめ、お菊を始末するかもしれない。

「旦那、永次を捕らえてたたきやすか」

弥八が言った。

「永次は、お菊たちの監禁場所を知っているかな」

「やつは一味の連絡役《つなぎ》をやっていやす。それに、橋屋にも出入りしている。やつなら、お菊たちの居所も知っているはずでさァ」

「永次を捕らえるか」

そう言って、藤兵衛は男たちに目をやった。

「やりましょう」

彦四郎が言った。

「やるなら早い方がいい。明日だな」

「坂口の旦那の手を借りやすか」

弥八が訊いた。

「いや、今度はわしらだけでやろう。町方が動けば、人攫い一味に洩れやすい。だれにも知られぬよう、動かねばならぬ」

藤兵衛が、わしらも、迂闊に動けんぞ、と言い添えた。

その場にいた男たちが、顔をひきしめてうなずいた。人攫い一味に知れれば、お菊たちを助け出せなくなる。

「駒形町に出向くのは、明日の夕方がいい」

藤兵衛が言うと、

「おれも行く」

永倉が身を乗り出すようにして言った。

彦四郎も行く気になっていたが、藤兵衛がとめた。彦四郎が、里美とお花のそばを離れたら、ふたりを守る者がいなくなる。

「分かりました。わたしは、残ります」

彦四郎も、里美とお花だけ残すことはできないと思ったらしい。

それから、藤兵衛たちは永次を捕らえる手筈を相談した。人攫い一味に知れないように、ひそかに駒形町にむかい、暗くなってから永次の住む長屋に踏み込むことにした。

「捕らえた後、永次を道場に連れてきて訊問したいが、どうかな。むろん、稽古に差し障りないよう、夜のうちだけだ」

藤兵衛が彦四郎に訊いた。道場主は、彦四郎なのである。

「かまいません」

彦四郎が言った。


翌日、陽が沈みかけたころ、藤兵衛と永倉は道場の裏手から出た。ふたりは、念のため網代笠で顔を隠していた。柳原通りにむかいながらも、辺りに目をくばったが、不審な者はいなかった。

藤兵衛と永倉は柳原通りに出ると、神田川にかかる新シ橋を渡り、神田川沿いの道を東にむかった。そして、浅草御門の前を左手に折れて奥州街道に入った。街道を北にむかえば、駒形町に出られる。

駒形堂の前まで来ると、佐太郎が待っていた。

「どうだ、永次はいるか」

すぐに、藤兵衛が訊いた。いなければ、出直さねばならない。

「いやす」

佐太郎によると、弥八とふたりで永次の住む長屋に入り、井戸端にいた女房らしい女に永次の家を訊き、戸口まで行って確かめてみたという。

「永次ひとりか」

「女房らしい女もいやした」

「その女も、連れてこなければならないな。長屋に残しておけば、すぐにわしらのことが知れるからな」

藤兵衛が言うと、永倉もうなずいた。

「弥八は」

「親分は、長屋で永次の家を見張っていやす」

「そうか」

藤兵衛は、西の空に目をやって、「まだ、すこし早いな」とつぶやいた。

陽は家並の向こうに沈んでいたが、西の空は夕焼けに染まっていた。上空にも日中の青さが残っている。長屋の者たちの目に、触れないようにしたかった。そのためには、暗くなってからがいい。

藤兵衛たちは、駒形堂の脇で待つことにした。しばらくすると、浅草寺の暮れ六ツ（午後六時）の鐘が鳴った。西の空の夕焼けは黒ずみ、樹陰や駒形堂の軒下などに夕闇が忍び寄っている。

「まいろう」

藤兵衛が声をかけた。

「こっちでさァ」

佐太郎が先に立ち、表通りを北にむかった。表通りは、まだ人通りが多かった。浅草寺の参詣客や遊山《ゆさん》客が行き交っている。

佐太郎は表通りをしばらく歩き、右手にある裏路地の前まで来て足をとめた。

「長屋は、ここを入るとすぐでさァ」

佐太郎が路地を覗《のぞ》きながら言った。

「路地木戸のところまで行ってみよう」

藤兵衛たちは、路地に入った。

すぐに、長屋につづく路地木戸があった。路地沿いの店は表戸をしめていたが、路地にはちらほら人影があった。仕事帰りの職人やぼてふり、長屋の女房らしい女の姿も見られた。迫りくる夕闇に急《せ》かされるように足早に通り過ぎていく。

7

佐太郎が先にたち、藤兵衛たちは長屋の路地木戸をくぐった。

突き当たりに井戸があった。井戸端に人影はなかった。辺りはだいぶ暗くなっている。長屋の棟は、井戸の南側にあった。三棟ある。夕闇につつまれ、長屋のあちこちから灯が洩れていた。

男の哄笑《こうしよう》、女の子供を叱る声、赤子の泣き声、腰高障子《こしだかしようじ》を開け閉めする音、水を使う音などが、あちこちから聞こえてきた。長屋は夕餉《ゆうげ》を終え、家族でくつろいでいるときである。

「こっちでさァ」

佐太郎が先にたち、藤兵衛たちは足音を忍ばせて南側にある棟の近くまで来た。棟の角に、弥八の姿があった。そこから、永次の家を見張っていたようだ。

藤兵衛たちは忍び足で弥八に身を寄せた。

「永次は、いるか」

藤兵衛が念を押すように訊いた。

「いやす、三つ目の家でさァ」

弥八が指差した。

腰高障子の破れ目から、淡い灯が洩れていた。かすかに、話し声が聞こえた。男と女の声である。手前の家にも灯の色があった。子供と母親の声、床を踏む足音などが聞こえてきた。

「踏み込もう」

藤兵衛が言った。

「へい」

藤兵衛たちは、足音を忍ばせて三つ目の家に近付いた。

戸口に身を寄せ、腰高障子の破れ目からなかを覗いてみた。座敷の隅に置かれた行灯の灯に、男と女の姿が浮かび上がっていた。男は湯飲みを手にしている。膝先に箱膳が置いてあった。夕めしを済ませた後、茶を飲んでいるらしい。

弥八が、入りやす、と口だけ動かして藤兵衛に伝え、腰高障子をあけた。先に土間に踏み込んだのは、弥八と佐太郎だった。

藤兵衛と永倉は戸口の脇に立ったまま刀を抜き、刀身を峰に返した。永次を峰打ちで仕留めるのである。

「だれだ、てめえらは」

永次が弥八たちを見て訊いた。顔はこわばっていたが、それほど動揺した様子はなかった。

女は驚いたような顔をして、弥八と佐太郎を見ている。

「永次さんですかい」

弥八が小声で訊いた。

「そうだ。何の用だい」

「利根造兄いに、頼まれやしてね。あっしらといっしょに、来てもらいてえんで
……」

弥八は、利根造の名を出した。弥八たちが、永次を戸口まで連れ出すことになっていたのだ。

「おめえたち、利根造兄いの手下《てか》かい」

「ヘッヘヘ……。歳は食ってやすが、まだ駆け出しで」

弥八が照れたような顔をし、首をすくめながら言った。弥八もなかなかの役者である。

「それで、いまから、どこへ行こうってえんだい」

「路地木戸のところで、利根造兄いが待ってるんでさァ」

「利根造兄いが、来てるのかい」

永次が立ち上がって訊いた。

「へい、永次さんに、何か用があるそうですぜ」

「そうかい」

永次は、「おせん、ちょいと、出かけてくるぜ」と座っている女に声をかけ、土間に出てきた。

先に、弥八と佐太郎が戸口から出た。永次は土間に置いてあった下駄をつっかけて、外に出た。そして弥八たちにつづいて、戸口から離れた。

そのとき、永次の背後で人影が動いた。藤兵衛である。

藤兵衛は、すばやい動きで脇から踏み込んできた。刀を脇構えにとっている。

「だれでえ！」

永次が叫んで振り返った。

瞬間、藤兵衛の刀が一閃した。ドスッ、というにぶい音がし、藤兵衛の刀身が永次の脇腹に食い込んだ。

永次は上体を折れたようにかしがせ、前によろめいた。藤兵衛の峰打ちが、永次の腹を強打したのだ。永次は腹を押さえてうずくまり、苦しげな唸《うな》り声を上げた。

「縄をかけろ！」

藤兵衛が声を殺して言った。

すぐに、弥八と佐太郎が駆け戻り、佐太郎が永次の両肩を押さえつけ、弥八が永次の両腕を後ろにとって早縄をかけた。ふたりとも岡っ引きだけあって、縄をかける手際がいい。

弥八は縄をかけ終わると、懐から手ぬぐいを取り出し、永次に猿轡《さるぐつわ》をかました。声を上げないよう、そうする手筈になっていたのだ。

永次に縄をかけ終わると、その場に藤兵衛だけ残し、永倉、弥八、佐太郎の三人は、あらためて戸口からなかに入った。

座敷にいた女は、永倉たちの姿を見て、

「ど、どうしたんだい」

声を震わせて訊き、躄《いざ》るように身を引いた。熊のような巨軀の武士が、入ってきたからだろう。

「お女中、夜分、すまないなァ」

永倉が猫撫で声で言った。永倉は熊のような体付きをしているが、子供や女に優しいところがある。

「…………」

女の顔がいくぶんやわらいだ。

「なんという名だな」

「おせんだよ」

「おせんさんか。すまないが、いっしょに来てもらうぞ。なに、すこし話を聞かせてもらうだけだ」

そう言うと、永倉は弥八と佐太郎に目をやってうなずいた。

すぐに、弥八と佐太郎が座敷に踏み込んだ。

「な、何をするんだい！」

おせんが、ひき攣ったような声を上げ、その場から這って逃げようとした、すかさず、佐太郎がおせんの後ろにまわり、手ぬぐいをおせんの口に引っ掛けた。先に猿轡をかましてロを塞いだのだ。つづいて、弥八がおせんの両腕を後ろにとって縄をかけた。

「しばらく、辛抱してくれ。騒がれると、困るのでな」

永倉が首をすくめながら言った。

8

藤兵衛たちは、用意した半纏を永次とおせんの頭からかぶせて、猿轡をかました顔を隠した。そして、人影のない裏路地や新道をたどって、千坂道場に連れていった。まず、おせんから話を聞くことにした。

おせんは道場のなかほどに連れ出され、男たちに取りかこまれると、蒼ざめた顔で、瘧慄《おこりぶる》いのように激しく身を顫わせた。

「おせん、手荒なことはしたくなかったが、こうせざるをえなかったのだ。永次たちに三人もの娘が攫われて、親たちが大金を強請《ゆす》られているのでな」

藤兵衛が切り出した。

おせんは目尻が裂けるほど瞠目《どうもく》し、猿轡の間から呻き声を洩らした。

「おまえは、人攫い一味ではないな」

藤兵衛が穏やかな声で訊いた。

おせんは、激しく首を縦に振った。

「猿轡をとってくれ」

藤兵衛が、おせんの背後に立っている佐太郎に声をかけた。

すぐに、佐太郎は猿轡をとった。

「永次の兄貴格の利根造を知っているな」

「…………」

おせんが、うなずいた。

「辰蔵という男は、どうだ。女衒の辰とも呼ばれている」

「な、名前は、聞いたことがあります」

おせんが答えた。隠す気はないようだ。

「どこに住んでいるか、知っているか」

「し、知りません」

おせんが、声をつまらせて言った。

「永次の仲間だが、利根造の他にも長屋に来たことがあるな」

「……浅吉さんが、来ました」

「武士はどうだ」

「山崎さまが来ましたが、いつも、顔を見せるだけで、腰を下ろしたこともありません」

おせんは、他の武士は長屋に来たことはないと話した。

「攫われた娘たちのことを耳にしたことはあるか」

「ありません」

おせんは、首を横に振った。

それから、藤兵衛だけでなく、その場に来ていた彦四郎や弥八も、お菊たちの監禁場所や辰蔵の居所などを訊いたが、おせんは知らなかった。

おせんは、弥八と佐太郎の手で門弟たちの着替えの間に連れていかれ、つづいて永次が道場に引き出された。

藤兵衛は佐太郎に声をかけて、永次の猿轡を取らせると、

「永次、おまえたちの頭は、辰蔵だな」

藤兵衛は、いきなり辰蔵の名を出した。

「し、知らねえ！　おれは、辰蔵なんてえ男は知らねえ」

永次が喚くように言った。

「女衒の辰といえば、分かるか」

「……知らねえ」

「永次、わしらは、おまえがだれと会い、どこへ行ったか、みんなつかんでいるのだ。……浅吉や山崎と会い、利根造と橘屋に行ったこともな」

「…………！」

永次の顔から血の気が引き、体の震えが激しくなった。

「おまえたちの頭は、辰蔵だな」

「し、知らねえ……」

永次が声を震わせて言った。

「永次、わしらはな、この場で、おまえを斬り殺しても、無礼を働いたので斬ったことにすれば、それで済むのだ」

藤兵衛が、永次を見すえて言った。低く静かな声だが、心底を震わせるような凄みと迫力があった。藤兵衛も、それだけ必死だったのだ。

「頭は、辰蔵だな」

藤兵衛が語気を強くして訊いた。

「…………」

永次は蒼ざめた顔で、視線を藤兵衛からそらしてしまった。

「やむをえん」

藤兵衛は刀を抜くと、切っ先を永次の首筋にあてた。

ヒッ、と短い悲鳴を上げ、永次は目を剝いて首を伸ばした。首筋に、細い血の線が浮き、ふつふつと血が噴いた。

「は、話す！」

永次が、声をつまらせて言った。

「頭は、辰蔵だな」

「……そ、そうだ」

「辰蔵はどこにいる」

「た、橘屋……」

そのとき、脇にいた弥八が、

「裏手にある店かい」

と、訊いた。

「そうだ」

永次によると、裏手の店の一階には客を入れず、辰蔵や情婦の住む部屋になっているという。情婦はおれんという名で、表向きは利根造の女房ということになっているそうだ。

「攫った三人の娘は、どこにいる」

藤兵衛が声をあらためて訊いた。

「一階の奥の部屋に……」

「三人とも、そこにいるのだな」

藤兵衛が念を押した。

「……………」

永次は無言のまま、ちいさくうなずいた。顔は蒼ざめ、体は小刻みに震えていた。目は虚《うつ》ろである。

「利根造は橘屋にいるようだが、ほかにも子分がいるのか」

「三人いやす」

「だれだ」

「子分とはいえねえが、山崎の旦那がいやす。それに、市助《いちすけ》と梅次郎《うめじろう》……。若い衆もいるかもしれねえ」

永次が話したところによると、山崎は深川今川町の借家を出てから、辰蔵の用心棒役として橘屋にいるという。また、市助と梅次郎は若い衆として橘屋にいるが、お菊たちを攫ったときにもくわわっていたという。

「ところで、目黒の旦那と呼ばれる武士がいるが、名はなんというな」

藤兵衛が声をあらためて訊いた。

「名は知りやせん。みんな、目黒の旦那と呼んでいやす」

「どういうわけで、仲間にくわわったのだ」

目黒の旦那と呼ばれる武士は、無頼牢人やならず者とはちがう。主持《しゅも》ちの武士には見えないが、真っ当に生きてきたように思われる。

「山崎の旦那が、連れてきたんでさァ。山崎の旦那は、むかし剣術の道場でいっしょだったことがあると言ってやしたぜ」

「剣術の道場な。何流か分かるか」

流派が分かれば、どこの道場か分かるかもしれない。

「あっしには、分からねえ」

「山崎は、どうやって辰蔵の仲間にくわわったのだ」

「あっしも、くわしいことは知らねえが、山崎の旦那は、何年か前《めえ》まで賭場《とば》の用心棒をしていたそうでさァ。そのころ、辰蔵親分がやっていた女郎屋に遊びに来て、親分と知り合ったようで」

酒に酔ったならず者が女郎屋で暴れだしたとき、たまたま店に来ていた山崎が、見事な太刀捌きでならず者を峰打ちで仕留めた。それを見ていた辰蔵が、山崎に声をかけたという。

「そういうことか」

藤兵衛たちの訊問が終わったとき、道場の武者窓から仄《ほの》かな朝のひかりが射し込んでいた。夜が明けたらしい。

永次とおせんは、母屋の裏手にある納屋に連れていった。お菊たちを助け出すまで、そこに監禁しておくことにした。その後は、坂口に渡すことになるだろう。

第五章　救出

1

千坂道場に燭台の火が点《とも》っていた。その明りのなかに、四人の姿があった。藤兵衛、彦四郎、永倉、里美の四人である。

丑《うし》ノ刻（午前二時）ごろだった。藤兵衛たちは、里美と由江が用意してくれた湯漬けで腹拵えをしていた。これから、お菊たち三人の娘を助け出すために、橘屋へむかうのである。弥八と佐太郎は、昨夜のうちから橘屋を見張るために出かけていた。

この日、華村の由江も千坂家にいたが、藤兵衛が由江に話し、お花のそばにいてもらうために来てもらっていたのだ。いま、由江はお花の寝間で、添い寝しているはずである。

藤兵衛たちは、払暁《ふつぎょう》に橋屋の裏手の店に踏み込むつもりだった。女郎屋は夜更けまで、客と女郎が起きている。そうしたなかに踏み込んだら、大騒ぎになって、お菊たちを助け出すのはむずかしくなるとみていた。そうかといって、日中というわけにはいかない。浅草、並木町は江戸でも有数の盛り場である。明るいうちに橋屋に踏み込むのは、夜更け以上に困難である。

「彦四郎、里美、お菊たちを頼むぞ」

藤兵衛がふたりに声をかけた。

「はい」

里美が顔をひきしめてうなずいた。小袖に、袴姿だった。里美は剣術の稽古をしていたころの身装《みなり》に変えていた。

彦四郎、里美、弥八の三人が裏手から侵入し、お菊たちを助けることになっていた。里美は、お菊たちの救出に行くことを自ら望んだのである。里美は剣の遣い手であり、お菊たちと同じ年頃の子をもつ母親でもあるので、お菊たちを連れ出すには適任であった。

一方、藤兵衛、永倉、佐太郎の三人は表から侵入し、山崎や子分たちを引きつけることになっていた。

「そろそろ行くか」

藤兵衛が声をかけた。

彦四郎たちは、膝脇に置いてあった刀を手にして立ち上がった。

道場の外は、夜の帳につつまれていた。人影はなく、通り沿いの家々は深い静寂《しじま》のなかでひっそりと寝静まっている。

頭上で、十六夜《いざよい》の月が皓々《こうこう》とかがやいていた。藤兵衛たちは柳原通りから神田川沿いの道を経て、奥州街道を北にむかった。人気のない街道が月光に照らされ、白く浮き上がったようにつづいている。

藤兵衛たちは駒形堂の前を経て、並木町の門前通りに入った。日中は参詣客や遊山客で賑わっている通りだが、いまはひっそりとして、月光に照らされた道だけが浅草寺の門前にむかって延びていた。

「あそこに、佐太郎がいます」

前を歩いている彦四郎が、前方を指差した。

見ると、佐太郎が足早に近付いてくる。藤兵衛たちを待っていたようだ。

「どうだ、変わりないか」

藤兵衛が佐太郎に訊いた。

「へい、いつもと変わりないようで……。親分は、裏手にまわっていやす」

佐太郎は、あっしが案内しやす、と言って、先にたった。

佐太郎はすぐに右手の路地に入り、半町ほど歩いてから路傍に足をとめ、

「あれが、橘屋ですぜ」

と言って、路地沿いの店を指差した。

二階建ての大きな店だった。女郎屋らしい派手な造りである。二階には、客が女郎と遊ぶいくつもの座敷がありそうだった。いまは灯の色もなく、ひっそりと静まっている。女郎屋が静寂につつまれるわずかな時が、いまごろなのだろう。

「裏手の店は」

藤兵衛が訊いた。

「こっちで」

また、佐太郎が先にたち、橘屋の前を通り過ぎた。

佐太郎はいっとき歩いて、右手の路地に入った。その路地は、すぐに別の路地に

突き当たった。藤兵衛たちは右手に折れて、橘屋の方にすこしもどった。

「この店ですぜ」

佐太郎が、橘屋の裏手の店を指差した。

裏店は、表店の半分ほどの大きさである。松や紅葉などの庭木にかこわれてはっきりしないが、別邸ふうの洒落た造りになっているようだ。裏店から洩れてくる灯はなく、人声も物音も聞こえてこなかった。辰蔵も山崎も、払暁前の眠りに落ちているのだろう。

「こっちで」

佐太郎が裏手の店に足をむけた。

店の脇の椿《つばき》の樹陰に、弥八がいた。そこから、裏手の店を見張っていたようだ。

「ここか、お菊たちが閉じ込められているのは」

藤兵衛が小声で訊いた。

「へい、一階の裏手の部屋とみていやす」

弥八によると、夜更けまで、二階の表の方から嬌声や男の哄笑などが聞こえてきたという。

「背戸は、どこにある」

　彦四郎が訊いた。

「そこの、つつじの脇に」

　つつじの植え込みが、こんもりと枝葉を茂らせていた。その近くに、背戸があるらしい。

「戸はあくかな」

「あきやす」

　弥八は、半刻（一時間）ほど前、背戸を引いてみたという。下働きの者が出入りするだけの一枚戸で、簡単にあいたそうだ。

「都合がいいな」

「なかは真っ暗でしてね。何か明りがねえと、入《へえ》れねえ」

　弥八が小声で言った。

「すこし明るくなってから、踏み込むつもりだ」

　彦四郎たちは、そのつもりで提灯を持たずに来たのである。

「表にまわってみるか」

藤兵衛が言った。

「こっちでさァ」

弥八が先にたった。

藤兵衛たちは、庭木の間を忍び足で店の表にむかった。すぐに、表に出た。表店と屋根のある短い廊下でつながっていた。戸口は、格子戸になっている。脇に、つつじの植え込みがあり。ちいさな石灯籠《いしどうろう》と籬《まがき》が配置されていた。老舗《しにせ》の料理屋を思わせるような造りである。

「戸はあくか」

今度は、藤兵衛が訊いた。

「表はあきやせん」

弥八が、心張り棒がかってあるらしい、と言い添えた。

「どうするな」

「ぶち破るしかねえが……。鉈《なた》を持ってきてありやす」

「あっしが、やりやすぜ」

佐太郎が意気込んで言った。

「大きな音がするだろうが、山崎や若い衆を表に引きつけるには、かえっていいかもしれん」

「その音を合図に、裏手から踏み込みます」

彦四郎が言った。

2

「そろそろですね」

里美が東の空に目をやって言った。里美の顔はこわばっていた。さすがに、里美も緊張しているらしい。

東の空が曙《あけぼの》色に染まってきた。上空も夜の色が薄れ、青みを帯びてきている。樹木の陰や軒下は、まだ夜陰につつまれていたが、木々や建物がその輪郭をあらわし、色彩をとりもどしつつあった。

「おれたちは、背戸のそばで待とう」

彦四郎が小声で言った。

彦四郎、里美、弥八の三人は、足音を忍ばせて背戸に近付いた。橘屋の裏店は、静寂につつまれていた。人声も物音も聞こえてこない。家のなかにいる者たちは、まだ眠っているようだ。女郎屋や料理屋などは、朝が遅い。陽が昇るころでなければ、起きださないだろう。

彦四郎たちは聞き耳をたて、藤兵衛たちが表から踏み込むのを待った。

それからいっときし、ふいに、家の表の方ではげしい物音がした。鉈で、格子戸をぶち破る音である。

「戸をあけやす!」

言いざま、弥八が板戸を引いた。

戸はすぐにあいた。なかは、まだ暗かったが、流し場や竈《へっつい》などが識別できた。そこは、台所らしい。

「こっちで」

弥八が土間に踏み込み、彦四郎と里美がつづいた。

表で、格子戸を破る音がひびいている。まだ、戸は破れないらしい。彦四郎たちは、流し場の脇を通って、土間の先の板間に上がった。板間の左手に、表につづく廊下があった。その廊下沿いに部屋があるらしい。

「部屋を見てみよう」

彦四郎が先にたち、廊下に足をむけた。藤兵衛たちが、山崎たちを表に引きつけている間に、お菊たちの監禁場所をみつけねばならない。

表の格子戸を破る音がやみ、家が静寂につつまれたとき、廊下の先で、男の怒声や夜具を撥《は》ね除《の》ける音などが聞こえた。格子戸を破る音で、眠っていた者たちが目を覚まして起きだしたらしい。

「待て」

彦四郎が廊下の手前で足をとめ、里美と弥八を制した。山崎や若い衆が、表に出てから廊下に踏み込もうと思ったのだ。

廊下の先の部屋から「表だ！」「だれか、押し込んできたぞ！」「店に入れるな」などという男の声が聞こえた。それにつづいて障子や襖《ふすま》をあける音、廊下を踏む音などがひびいた。激しい足音が、表にむかっていく。

「町方ではないぞ！」

「三人だ！」

廊下の先の戸口で、男の声がはっきりと聞こえた。奉公人や若い衆が戸口に集まったらしい。それほどの人数ではないようだ。三、四人ではあるまいか。

彦四郎は廊下沿いの部屋が静かになると、

「いくぞ！」

と、声をかけ、廊下に踏み込んだ。

廊下は思ったより長かった。廊下沿いに、障子や襖が立っている。四、五部屋、ありそうだった。

彦四郎たちは、手前の部屋の障子の前にたった。かすかに、夜具を動かすような音が聞こえた。だれかいるらしい。

彦四郎が、そっと障子をあけた。真っ暗だった。ひとのいる気配はない。

「ここにはいない」

彦四郎は、すぐに次の部屋の障子をあけた。

だれかいる！　部屋のなかは暗かったが、畳の隅に夜具が敷いてあり、身を起こしているちいさな人影が見えた。薄闇のなかに、白い顔がほんのりと浮かび上がっていた。三人いる。

……お菊たちだ！

彦四郎は、胸の内で声を上げた。

障子を大きくあけて、彦四郎、里美、弥八の三人が、座敷に入った。三人は身を寄せ合うようにして夜具の上に座り込んでいた。三人とも襦袢《じゅばん》姿だった。後ろ手に縛られているらしい。三人の娘の顔が、怯えたようにゆがんでいる。

「お菊ちゃん！」

里美が、奥にいる娘に声をかけた。その子が、お菊らしい。

お菊は目を瞠いて里美を見つめ、

「……さ、里美、叔母さん」

と、涙声で言った。

「お菊ちゃん、怖かったでしょう」

里美は、お菊の前に膝を折り、お菊の肩に両手を乗せて「助けに来ましたよ。すぐ、家に帰れますよ」と言ってから、強く抱き締めてやった。

すると、お菊が、里美の胸に顔を埋めて、オンオンと泣き出した。

この間、彦四郎は、お菊といっしょに縛られていた娘ふたりに、

「もう、大丈夫だ。すぐに、親許に帰してやるからな」

そう言って、後ろ手に縛られていた三尺帯を解《ほど》いてやった。

逃げられないように、両腕を縛った三尺帯をさらに細引《ほそびき》で縛り、三人の娘を繋いであった。彦四郎は細引を小刀で切りながら、ふたりの娘の名を訊いた。

ふたりは、泣きながら名乗った。やはり、攫われた黒崎屋のおよしと越野屋のお春だった。

彦四郎は、里美がお菊を縛ってある三尺帯を解くのを待って、

「さァ、ここから逃げるぞ」

と、三人の娘に声をかけた。

里美が、「わたしの後ろから来て」と声をかけ、三人の前にたって廊下に出た。

三人の娘は、身を寄せ合い、数珠《じゅず》繋ぎのようになって里美の後ろについた。

そのとき、廊下の先に足音がし、「娘らが、逃げるぞ！」という叫び声が聞こえた。見ると、若い衆らしい男がふたり、こちらに走ってくる。

「弥八、娘たちを連れて、裏手から出てくれ！」

彦四郎は弥八に声をかけてから抜刀し、廊下のなかほどに立った。ふたりを、こ

こで食いとめるのである。

先に来た男が、彦四郎の前で足をとめた。顔の浅黒い、大柄な男である。長脇差を手にしていた。寝間着姿だった。はだけた襟元《えりもと》から、胸毛が覗いている。眠っているところを起こされ、長脇差をつかんで飛び出してきたのだろう。

男のすぐ後ろに、もうひとり痩せた男がいた。こちらも寝間着姿だった。手に匕首を持っている。

「やろう！　生かしちゃァおかねえ」

大柄な男が叫んだ。恐怖と興奮のせいだろう。手にした長脇差が、ワナワナと笑うように揺れている。後ろの男も顔がひき攣り、体が顫えていた。大柄な男の肩越しに、彦四郎に目をむけている。廊下が狭く、ふたりで横に並べないのだ。

彦四郎は無言だった。彦四郎の胸には、人攫い一味に対する怒りと闘気が漲《みなぎ》っていた。薄闇のなかで、双眸が猛禽《もうきん》のようにひかっている。

「ふたりとも、斬る！」

言いざま、彦四郎が踏み込んだ。

ワアッ！　と声を上げ、大柄な男が逃げようと反転した。その背へ、彦四郎の一撃があびせられた。

袈裟へ――。

ザクリ、と男の背が裂け、あらわになった男の背中に血の線がはしり、皮肉が赤くひらいた次の瞬間、血が迸《ほとばし》り出た。

ギャアッ！

凄《すさ》まじい絶叫を上げ、大柄な男は前によろめいた。後ろにいた男も反転し、悲鳴を上げながら逃げだした。

彦四郎はふたりの後を追わなかった。すぐに踵を返し、裏手へむかった。里美や娘たちが気になったのである。

里美や娘たちは、背戸の外にいた。弥八が、そばについている。里美たちにまかせても大丈夫そうだった。

「里美、弥八、ここにいてくれ。義父《ちち》上《うえ》たちの様子を見てくる」

彦四郎は、藤兵衛や永倉たちにくわわろうと思った、
表から、男たちの気合や怒号にまじり、剣戟《けんげき》の音が聞こえてきた。まだ、闘いはつづいている。

3

藤兵衛は山崎と相対していた。そこは、店の戸口からすこし離れた庭だった。庭といっても、庭木のない場所に玉砂利が敷いてあるだけである。

一方、永倉と佐太郎は、戸口の前にいた。寝間着姿の男が、長脇差を永倉にむけている。もうひとりの男が、戸口の脇にうずくまっていた。寝間着が血に染まっている。

永倉は、戸口から飛び出してきたふたりの男のうちのひとりを斬り、もうひとりの男と対峙していたのだ。

永倉に切っ先をむけられた男は、恐怖に顔をゆがめ、逃げようと後ずさりし始めた。永倉が仲間のひとりを斬ったのを見て、恐怖に駆られたらしい。

藤兵衛は、山崎と四間ほど距離をとって立っていた。すでに闘いが始まっていると言っていいが、まだ、ふたりとも抜刀していなかった。両腕を垂らしたまま、敵の動きに目をやっている。

「わしは、一刀流だが、おぬし、何流を遣う」

藤兵衛が訊いた。

「馬《ま》庭《にわ》念《ねん》流……」

牢人が低い声で言った。

馬庭念流は、上州《じょうしゅう》馬庭の地に居を構える樋口《ひぐち》家に伝わる流派である。上州を中心に武州《ぶしゅう》にもひろがっている。江戸にも馬庭念流を遣う者はいるが、それほど多くはない。

「おぬし、上州から江戸に出たのか」

山崎は、上州に住む郷士か軽格の藩士の子弟だったのではあるまいか。上州で馬庭念流を修行し、江戸に流れてきたのであろう、と藤兵衛は推測した。

「そうだ」

山崎は、左手で刀の鯉口《こいぐち》を切り、右手を柄に添えた。

「目黒の旦那も同門か」

藤兵衛は、目黒の旦那と呼ばれる武士のことを聞きたかった。まだ、名も分かっていない。

「ちがう。やつは、神道無念流《しんとうむねん》だ」

「神道無念流だと……」

藤兵衛は、神道無念流と聞いても目黒の旦那のことが思い出せなかった。

神道無念流の練兵館《れんぺいかん》は、千葉氏の北辰一刀流《ほくしんいっとう》玄武館《げんぶかん》、桃井《もものい》氏の鏡新明智流《きょうしんめいち》士学館《しがくかん》と並び、江戸の三大道場と呼ばれる名門である。そのため、神道無念流を身につけた者は多く、名のある達者もすくなくない。

「目黒の旦那の名は」

「さあな」

山崎は腰を沈めて抜刀体勢をとった。

藤兵衛もすばやい動きで鯉口を切り、右手で柄を握って腰を沈めた。

「いくぞ」

山崎が抜刀した。

すかさず、藤兵衛も抜きはなち、青眼に構えて切っ先を山崎の目線につけた。山崎は八相に構えた。刀身をすこし寝かせている。

ふたりの間合は、およそ三間半――。まだ、一足一刀の斬撃の間境の外である。

山崎が驚いたような顔をした。藤兵衛の構えを見て、手練だと分かったのだろう。おそらく、山崎は藤兵衛が老齢なので侮っていたにちがいない。だが、山崎はすぐに表情を消し、全身に気勢を込めた。闘気を漲らせている。

……こやつ、なかなかの遣い手だ。

と、藤兵衛もみた。

山崎の八相の構えには、隙がなかった。それに、身辺には多くの真剣勝負のなかで身につけた剽悍《ひょうかん》さと猛々《たけだけ》しさがただよっていた。

藤兵衛は、真剣勝負のなかで身につけた刀法は侮れないことを知っていた。どのような奇策や塡《は》め手を秘めているか分からない。

ふたりは、対峙したまま動かなかった。全身に気魄《きはく》を込めて攻め合っていた。気攻めである。

そのとき、戸口の方から走り寄る足音がした。彦四郎だった。藤兵衛と山崎の方に近付いてくる。

彦四郎の足音で、藤兵衛と山崎をつつんでいた剣の磁場が裂けた。

ふいに、山崎が動いた。足裏で地面を摺るようにして、間合をつめ始めた。対する藤兵衛も趾《あしゆび》を這うように動かして、ジリジリと間合をつめていく。

ふたりの間合が狭まるにつれ、気勢が漲り、斬撃の気配が高まってきた。

一足一刀の斬撃の間境に迫るや否や、山崎が仕掛けた。全身に斬撃の気配を見せて、ピクッ、と刀の柄を握った左拳を動かした。斬撃の起こりを見せたのだ。

イヤアッ！

山崎が裂帛の気合を発し、体を躍らせた。

間髪を容《い》れず、藤兵衛の全身に斬撃の気がはしり、鋭い気合を発して斬り込んだ。

山崎が八相から袈裟へ――。

藤兵衛も振りかぶりざま袈裟へ――。

二筋の閃光が袈裟にはしり、ふたりの正面で合致した。鋭い金属音がひびき、青火が散って、金気が流れた。

ふたりの動きがとまった。手にした刀身が嚙み合っている。鍔《つば》迫《ぜ》り合いである。

ふたりは、刀身を押し合いざま前後に動いた。

と、山崎が後ろに跳びざま、胴を払った。その斬撃を、藤兵衛は刀身を払ってたたき落とし、袈裟に斬り込んだ。一瞬の太刀捌きである。

ザクッ、と山崎の寝間着が袈裟に裂けた。次の瞬間、あらわになった胸板が裂け、血が迸り出た。

山崎はさらに後ろに跳び、ふたたび八相に構えた。出血は激しく、見る間に胸から腹にかけて赤く染めていく。

「お、おのれ！」

山崎の顔が、憤怒で赭黒《あかぐろ》く染まった。八相に構えた刀身が、小刻みに震えている。胸を斬られたことで気が昂り、体に力が入り過ぎているのだ。

……勝負あった！

と、藤兵衛はみた。

山崎は力みで体が硬くなっていた。それに、平静さを失っている。力みは一瞬の反応を遅らせ、激情は読みを誤らせる。

藤兵衛が先に仕掛けた。青眼に構え、摺り足で間合をつめていく。山崎も動いた。ジリジリと間合を狭めてくる。

ふたりの間合は一気に狭まり、一足一刀の斬撃の間境に踏み込んだ刹那、山崎の全身に斬撃の気がはしり、裂帛の気合とともに体が躍動した。

八相から袈裟へ――。たたきつけるような斬撃だった。

だが、藤兵衛はこの斬撃を読んでいた。一瞬の体捌きで、山崎の斬撃をかわすと、右手に踏み込みざま、刀身を横に払った。

切っ先が、山崎の脇腹を深くえぐった。

グワッ！　という呻き声を上げ、山崎はよろめき、左手で脇腹を押さえた。

傷口がひらき、血が流れ出、臓腑《ぞうふ》が溢《あふ》れた。

山崎は刀を右手で引っ提げたまま、藤兵衛に体をむけてつっ立った。押さえた指の間から血が滴り落ちている。

「これまでだ！　刀を下ろせ」

藤兵衛が声をかけた。

「ま、まだだ……」

山崎は右手だけで、刀を振り上げようとした。そのとき、体が大きく揺れ、腰から砕けるように転倒した。

伏臥《ふくが》した山崎は苦しげな呻き声を上げ、両手を突っ張って首をもたげようとした。

だが、がっくりと首が落ち、四肢をもがくように動かすだけになった。

「とどめを刺してくれよう」

藤兵衛は、腹を斬られただけではなかなか死なないことを知っていた。生かしておけば、醜態を晒《さら》して苦しむだけである。とどめを刺してやるのが、武士の情けだった。

藤兵衛は俯《うつぶ》せに倒れている山崎の背から、切っ先を心ノ臓に突き刺した。山崎は四肢を痙攣《けいれん》させていたが、すぐに動かなくなった。心ノ臓から流れ出た血が、地面に赤くひろがっていく。

4

辺りは明るくなっていた。東の空は曙色に染まり、頭上には青空がひろがっている。町筋のどこからか、表戸をあける音が聞こえてきたが、橘屋の表の店は、まだひっそりと寝静まっていた。裏の店の物音や叫び声などで目を覚ました者もいるだろうが、裏の店に来る者はいなかった。明け六ツ（午前六時）の鐘が鳴れば、様子を見に来る者がいるかもしれない。

「三人とも、無事か。よかったな」

藤兵衛は、裏手にいた三人の娘に目をやり、ほっとした顔をした。

背戸の近くに、藤兵衛、永倉、彦四郎、里美、それに助けた出したお菊たち三人がいた。弥八と佐太郎は、裏の店の一階をまわっていた。一味の頭目である辰蔵が、まだ見つからないのだ。

そのとき、背戸があいて、弥八と佐太郎が姿を見せた。

「辰蔵は、どこにもいやせん」

弥八が困惑したような顔をして言った。

弥八たちは、一階の座敷をまわって確かめたが、辰蔵の姿はなかったという。

「どこかにいるはずだがな」

辰蔵はどこかに隠れているのではないか、と藤兵衛は思った。

「おれんもいないのか」

彦四郎が訊いた。

「いやした。おれんは、旦那のことは知らねえ、と言い張ってるんでさァ」

佐太郎が早口でしゃべった。

「ここで、辰蔵を捕らえたいな。わしらが引き上げれば、姿をくらますだろう。おれんなら知っているはずだが……」

藤兵衛は、おれんを吐かせようと思った。

「だが、お菊たちを待たせておくわけにはいかないな。彦四郎、ひとまず道場に、お菊たちを連れて帰ってくれんか」

藤兵衛は、彦四郎と里美に、お菊たち三人を頼んだ。

彦四郎と里美が、お菊たち三人を連れてその場を離れると、

「わしらは、辰蔵を探そう」

藤兵衛たち四人は、ふたたび背戸から裏店に入った。

「弥八、おれんはどこにいる」

藤兵衛が訊いた。

「こっちで」

弥八と佐太郎が先にたち、廊下に踏み込んだ。

弥八たちが連れていったのは、裏から三つ目の座敷だった。そこに、年増がいた。おれんである。

おれんは、小袖に帯をしめていた。まだ、化粧はしていなかったが、着替えはすませたらしい。部屋の隅にへたり込むように座っていた。顔が土気色をし、身を顫わせている。

「おれんか」

藤兵衛が訊いた。静かだが、強いひびきのある声だった。

「そ、そうだよ」

おれんは声を震わせて答えた。

「辰蔵はどこにいる」

「し、知らないよ」

おれんが、顔を伏せた。藤兵衛の顔を見ていられなかったらしい。

「辰蔵が、ここにいることは、分かっている。おまえが知らぬはずはあるまい」

「…………」

おれんは、口をとじたまま体を顫わせている。

「おれん、ならば、お菊たちを攫ったのは、おまえということになるな。娘たちは、この店に長く閉じ込められていたのだからな。おまえが若い衆たちに指図して娘たちを攫い、ここに閉じ込めておいたのだ」

藤兵衛が強い口調で言った。

「…………！」

おれんの顔がひき攣ったようにゆがみ、体の顫えが激しくなった。

「おれん、立て！　人攫い一味の頭として、八丁堀に連れていく。辰蔵の身代わりになるんだな」

そう言って、藤兵衛がおれんの腕をつかもうとすると、

「あたしじゃァないよ。あたしは、何もしてないよ」

おれんは、首を横に振った。

「娘たちを攫ったのは、おまえではなく辰蔵か」

「そ、そうだよ」

「辰蔵はどこにいる」

「知らないよ」

「ここにいるはずだ」

藤兵衛が畳みかけるように訊いた。

「どこかに、隠れてるんじゃないのかい」

おれんの物言いが、急に蓮《はす》っ葉《ぱ》になった。地が出たらしい。

「辰蔵の部屋はどこだ」

「ここから二つ目だよ」

おれんが、奥の方に顎をむけて言った。

「行ってみよう。……弥八、おれんも連れてきてくれ」

藤兵衛と永倉が、先に座敷を出た。弥八と佐太郎が、おれんの両腕をつかんで立たせ、藤兵衛たちの後につづいた。

藤兵衛が廊下側の障子をあけた。夜具が敷いてあった。人影はなかった。夜具が乱れている。だれか寝ていたようだ。部屋の隅の衣桁《いこう》に、細縞の小袖と角帯がかけてあった。上物である。

「辰蔵は、ここに寝ていたようだな。……どこかに、ひそんでいるかもしれないぞ」

藤兵衛は座敷のなかを見渡した。

そのとき、永倉が、

「押し入れで、音がしたぞ！」

と言い、すぐに押し入れをあけた。

なかは二段になっていた。上の段には、夜具がしまってある。ひとのいる余地はなかった。

「だれかいる！」

下の段の奥に、人影があった。膝をかかえるようにして、うずくまっている。男のようだ。

「やろう！　出てこい」

佐太郎が押し入れに体をつっこみ、寝間着をつかんで引っ張りだした。

姿を見せた男は、痩せていた。初老である。乱れた鬢や髷には白髪が目だつ。はだけた寝間着の襟の間から、肋骨《あばらぼね》が見えた。男は顔をひき攣らせ、低い呻き声を洩らしている。

「辰蔵か」

藤兵衛が訊いた。

「お、おれは、辰蔵なんてえ男は知らねえ」

男が顔をしかめて言った。

「では、おまえの名は」

「……辰吉《たつきち》だよ」

男には、ふてぶてしさがあった。

「なぜ、押し入れに隠れていた」

「騒ぎが聞こえたんで、盗人でも入《へえ》ったと思ったのよ」

「ここに寝ていたときに、物音を聞いて押し入れに隠れたのだな」

藤兵衛が念を押すように訊いた。

「そうよ」

「まちがいない。おまえは辰蔵だ。おれんがな、ここに寝ているのは辰蔵だと、わしらに話したのだ」

藤兵衛がそう言うと、辰蔵は顔をしかめ、

「ち、ちくしょう！」

と叫び、おれんに憎悪の目をむけた。

「辰蔵に縄をかけろ！」

藤兵衛が、弥八に目をやって言った。

すぐに、弥八と佐太郎が辰蔵の両腕を後ろにとって早縄をかけた。辰蔵は観念したのか、抵抗しなかった。もっとも、抵抗してもどうにもならなかっただろう。弥八たちのなすがままになっている。

藤兵衛たちはおれんにも縄をかけ、裏店からふたりを連れ出した。すでに陽は昇り、浅草の町は動きだしていた。表通りからは、人声が聞こえてくる。

藤兵衛たちは、千坂道場まで人影のある町筋を通って、縄をかけた辰蔵とおれんを連行するわけにはいかなかった。それで、近くの番屋に連れていくことにした。

「弥八、八丁堀まで知らせてくれんか」

今日のうちにも坂口に連絡し、辰蔵を人攫い一味の頭として捕縛してもらうつもりだった。

「ようがす」

弥八が番屋を出た後、藤兵衛は永倉に番屋に残ってもらった。念のためである。辰蔵の子分たちが助けに来るかもしれない。

5

彦四郎と里美は、助けだしたお菊、およし、お春の三人を道場の裏手にある母屋に連れていった。道場には門弟が集まるので、娘たちを連れていくわけにはいかなかった。それに、まだ子供ともいえるお菊たち三人は、剣術道場では腰が落ち着かないだろう。

彦四郎と里美がお菊たち三人を母屋に連れていくと、座敷にいたお花は驚いたような顔をしたが、お菊を見て、

「お菊ちゃんだ」

と言って、すぐにそばに来た。

お花は里美に連れられて、藤田屋に何度も行っていた。その際、お菊と遊ぶことが多かった。お花には、お菊を姉のように思うところがあった。

お花はお菊の手を取ると、

「お菊ちゃんと、会えてよかった。また、遊んでね」

と、笑みを浮かべて言った。お花は大人たちの会話から、お菊が人攫いに攫われたことを知っていたのだ。

お花は、およしとお春の手も握って、よかったね、と声をかけた。

「お花ちゃん、ありがと……」

お菊が涙声で言うと、およしとお春も、泣き出しそうな顔になった。

「みんな、おなかがすいたでしょう。すぐ、支度するから、待っててておくれね」

そう言って、由江が腰を上げた。

「わたしも、手伝います」

里美も藤兵衛たちがもどるまでに、お菊たちに何か食べさせようと思っていたのだ。

里美と由江が用意したのは、握りめしだった。朝餉のために炊いためしで、握ったらしい。ちいさめに握ってある。薄く切ったたくあんが添えてあった。それに、茶もいっしょに出した。お菊たちは、喉も渇いているのではないか、と里美は思ったのである。

お菊たち三人は、夢中で握りめしを頬ばった。やはり、腹が空いていていたらしい。

三人は食べ終えると、元気が出たらしく、お花が持ってきた千代紙を折って遊び始めた。お花は千代紙を折るのも好きだった。里美には、お花にも女らしい遊びをやらせよう、との思いがあり、千代紙を折って遊んでやることがあったのだ。

陽がだいぶ高くなってから、藤兵衛たちが母屋に帰ってきた。藤兵衛は彦四郎とも相談し、藤田屋より先に黒崎屋と越野屋に娘を無事に助け出したことを知らせ、迎えに来てもらうことにした。親たちが心配しているだろうと思ったのである。

藤兵衛は、佐太郎に黒崎屋と越野屋に知らせた後、藤田屋に知らせるよう頼んだ。藤田屋を最後にしたのは、源次郎や惣太郎とゆっくり話したいという思いがあったからだ。

「これからひとっ走り、してきやす」

佐太郎は、すぐに馬喰町の黒崎屋と伊勢町の越野屋に走った。

佐太郎が出た後、藤兵衛は座敷に腰を下ろして由江が淹れてくれた茶をすすりながら、お花やお菊たちが、千代紙を折って遊んでいるのを見ていた。

藤兵衛は、里美がお花の年頃だったときのことを思い浮かべた。亡くなった妻のおふくも、里美を女らしく育てたいといって、折り紙を教えていたことがあった。そのときのふたりの姿が、目の前にいる里美とお花の姿と重なったのである。

里美だけでなく、お菊もお花に折り鶴の折り方を教えてやっていた。まだ、お花にはむずかしいらしく、なかなか折れないようだ。

藤兵衛は、お花とお菊の顔を見ながら、似ているな、と思った。ふたりは、又従姉妹である。血筋かもしれない。色白のふっくらした頰や黒眸《くろめ》がちの目などが、よく似ている。

……お花とお菊か。二輪の花だな。

と、藤兵衛は胸の内でつぶやいた。

まず、馬喰町の黒崎屋から、あるじの富左衛門《とみざえもん》が手代と丁稚を数人連れて駆けつけた。馬喰町は千坂道場のある豊島町から近かったのだ。

富左衛門はおよしを抱き締め、涙を流して喜んだ。およしも、声を出して泣いている。

「ありがとうございます。この御恩は、けっして忘れません」

富左衛門は何度も藤兵衛たちに頭を下げ、後日あらためて礼に来ることを伝えておよしといっしょに母屋を後にした。

富左衛門たちが帰ってから一刻（二時間）ほどして、越野屋の者たちが駆け付けた。あるじの嘉兵衛《よしべえ》と手代三人、それに辻駕籠《つじかご》も連れてきた。お春を駕籠に乗せて連れて帰ろうと思ったのだろう。千坂道場から越野屋まではかなりあるので、人攫いに監禁されていたお春を歩いて帰すのはかわいそうだと思ったようだ。

嘉兵衛も、藤兵衛たちに何度も頭を下げ、富左衛門と同じようにあらためて礼にうかがうことを伝えて帰った。

嘉兵衛たちが母屋を出てから、小半刻（三十分）ほどして、藤田屋の惣太郎と源次郎が、手代ふたりと下働きの与作を連れて駆け付けた。

惣太郎と源次郎は、お菊の無事な姿を見ると涙を流して喜んだ。

「あ、ありがとうございます。藤兵衛どのには、なんと、お礼を言ったらいいか……」

源次郎が声をつまらせて言い、惣太郎とふたりで何度も頭を下げた。

「源次郎どの、惣太郎どの、頭を上げてくだされ。日頃世話になっているのは、こちらです。それに、親戚として当然のことをしたまでですよ」

藤兵衛は、かえって恐縮した。藤田屋は、人攫い一味に二度も大金を渡すことになった。藤兵衛たちは一味の尾行にも失敗し、お菊の監禁先をつきとめるのも遅くなってしまった。藤兵衛は、藤田屋にすまない気持ちでいたのだ。

藤兵衛と惣太郎たちの話が一段落すると、

「今日は、お菊ちゃんをゆっくり休ませてやってください」

里美が言った。

「そうします。彦四郎どのと里美さんにも、お世話になりました」

惣太郎は、ふたりにも礼を言い、お菊を連れて母屋を後にした。

藤兵衛は惣太郎たちを送り出した後、母屋の縁先にいた佐太郎に、

「佐太郎、ごくろうだったな。お蔭で、お菊たちを助け出すことができたよ」

そう言って、佐太郎の労をねぎらった。

「あっしは、ただ、旦那の指図にしたがっただけでさァ」

佐太郎が照れたような顔をした。

「だが、これで始末がついたわけではない」

藤兵衛が、声をあらためて言った。まだ、目黒の旦那と辰蔵の右腕である利根造

が残っている。

「旦那、橘屋でお縄にした辰蔵や子分たちに白状させれば、目黒の旦那の居所も知れやすぜ」

佐太郎が目をひからせて言った。

6

藤兵衛は、日本橋高砂町の松乃屋《まつのや》というそば屋で坂口と会った。弥八と佐太郎もいっしょだった。

藤兵衛は弥八に頼み、坂口の巡視の途中、松乃屋で会えるよう手配してもらったのだ。

藤兵衛たちが、お菊たちを助け出してから五日経っていた。この間、坂口は捕らえた辰蔵とおれんを南茅場町の仮牢に入れた後、ただちに捕方を橘屋にむけた。そして、辰蔵の右腕の利根造と、子分と思われる包丁人や若い衆など数人を捕縛した。そのなかには、市助と梅次郎もいた。

坂口は日を置くと、利根造が姿を隠すと思い、辰蔵たちの吟味を後回しにして、利根造たちを捕らえたのである。

「お師匠たちのお蔭で、女衒の辰をはじめ、人攫い一味をお縄にすることができました」

「これで、綾之助を道場に通わすこともできるな」

「はい、さっそく、明日からでも」

坂口は満足そうだった。

「坂口、捕らえた辰蔵や利根造たちの吟味は、始まったのか」

藤兵衛が訊いた。

「まだ、吟味方与力の蓮江《はすえ》さまの吟味は始まっておりません」

蓮江剛之助《ごうのすけ》は、坂口と同じ北町奉行所の吟味方与力だった。苛烈《かれつ》な吟味で、ならず者や凶状持ちなどから恐れられている。

坂口によると、奉行所の正式な吟味は、まだだという。いまは、坂口が、捕らえた辰蔵や利根造の訊問をしているそうだ。それというのも、坂口は、まだ目黒の旦那と呼ばれる武士を捕らえていないし、辰蔵の子分も残っているとみたからである。

「辰蔵や利根造の訊問は、始まったのだな」

藤兵衛が坂口に訊いた。

「始めました」

坂口の双眸が、うすくひかっている。年季の入った同心らしい凄みのある顔である。

「それで、口を割ったのか」

「やっと、利根造が昨日あたりから、話すようになりました。辰蔵は、まだ口をつぐんだままです」

坂口によると、利根造も当初は、何を訊いても、知らぬ存ぜぬと白をきっていたが、橘屋で捕らえた市助や梅次郎たちが口を割ったのを知ると、観念して自供を始めたという。

「坂口、目黒の旦那のことは知れたのか」

藤兵衛が訊いた。目黒の旦那と呼ばれる男が何者なのか、藤兵衛はずっと気になっていたのだ。

「それが、利根造も、くわしいことは知らないようです。目黒の旦那と呼ばれる男は、己から、おれは目黒に住んでいたことがあるので、目黒の旦那と呼べ、と口にしていたそうです」

「やはり、目黒に住んでいたことがあるのか」

「そのようです。……ただ、利根造は、山崎がその男のことを、柴村《しばむら》どの、と呼んだのを聞いたことがあると言ってました」

「目黒に住んでいた柴村か……。たしか、山崎から、柴村は神道無念流を遣うと聞いていたな」

藤兵衛は、頭のなかで、目黒、柴村、神道無念流……と、繰り返した。ふいに、脳裏にひらめくものがあった。

……柴村宗七郎《そうしちろう》だ！

藤兵衛は、胸の内で叫んだ。

思い出した。神道無念流を遣う柴村宗七郎である。
十四、五年も前のことだろうか。まだ、里美がお花ほどの年だったころである。
柴村が、道場破りとして千坂道場にあらわれたのだ。

柴村は目黒にある神道無念流の町道場で、少年のころから修行し、界隈では知らぬ者がいないほどの遣い手になったという。

小身《しょうしん》の旗本の冷や飯食いだった柴村は、実家から援助を受け、神田小泉町にあったつぶれた商家を改装して道場をひらこうとした。

ところが、近くに一刀流の千坂道場があった。小泉町と千坂道場のある豊島町は近かったのだ。しかも、千坂道場には御家人や旗本の子弟が大勢通っている。界隈の評判も悪くなかった。

柴村は、このまま小泉町に町道場をひらいても門弟は集まらない、とみたようだ。そこで旅の武芸者を装って、千坂道場に乗り込んできた。藤兵衛を他流試合で破り、界隈で名を上げてから小泉町に道場をひらこうとしたのだ。

柴村は、千坂道場の高弟と当時の師範代を破った。ところが、藤兵衛には歯がたたなかった。三本勝負で一本も取れなかったのだ。それで、小泉町に町道場をひらく計画は、頓挫《とんざ》してしまった。

その後、藤兵衛は目黒に住んでいたことのある門弟から、柴村のことや小泉町に道場をひらくつもりだったらしいことを聞いたのだ。
十四、五年も前のことであり、しかも柴村と道場内で闘った後、顔も見ていなかったので、藤兵衛は忘れていたのだ。

山崎や柴村たちが母屋にいた彦四郎や里美たちを襲ったとき、藤兵衛が、逃げる柴村の横顔を見て、あやつ、どこかで見たような気がする、と思ったのは、記憶の底に柴村のことが残っていたからだろう。

「柴村だがな、居所は分かるか」

藤兵衛が訊いた。

柴村を、このままにしておくことはできなかった。人攫い一味のひとりということもあるが、ひとりの剣客として柴村を斬らねばならない。

「利根造の話では、柴村は黒船町の借家に情婦《おんな》と住んでいるとのことでした。すぐに、浅草に住む手先に探らせたのですが、借家には柴村も情婦もいませんでした。おそらく、山崎が討たれ、辰蔵や利根造が捕らえられたことを知って、姿をくらましたのではないでしょうか」

坂口が冴えない顔をして言った。柴村を取り逃がしたと思っているようだ。

「情婦の名は分かるか」

藤兵衛は、情婦からたどれば柴村の居所が知れるのではないかと思った。情婦もいっしょに姿を消したことから、まだ浅草界隈にいるような気がしたのである。

「お京《きょう》だそうです」

「お京な」

藤兵衛は、お京からたどってみようと思った。なんとしても、柴村を逃がしたくなかったのである。

第六章　怨念

1

藤兵衛は弥八と佐太郎を連れて、浅草黒船町を歩いていた。黒船町は諏訪町の南に位置し、大川沿いにひろがっている。

晴天だった。朝の陽射しが大川の川面を照らし、キラキラと輝いている。その眩《まばゆ》いひかりのなかを、猪牙舟や茶船などがゆっくりと行き交っていた。

「坂口の旦那は、船宿の三崎屋《みさきや》の脇を入《へえ》った先だと言ってやしたぜ」

大川端沿いの道を歩きながら、佐太郎が言った。

「たしか、三崎屋はこの先だったな」

弥八によると、三崎屋は大川端沿いにあり、船宿としては大きな店だという。

「親分、あれだ！」

佐太郎が前方を指差して言った。

三崎屋は二階建ての店だった。店の前に桟橋があった。猪牙舟が、三艘舫ってある。三崎屋の持ち舟らしい。

「三崎屋の脇に、路地がありやすぜ」

弥八が言った。

なるほど、店のすぐ脇に細い路地がある。柴村が住んでいた借家は、その路地の先にあるらしい。

「行ってみるか」

藤兵衛たちは、路地に入った。

狭い路地だった。それでも、ぽつぽつと人影があった。物売り、職人ふうの男、町娘などが行き交い、八百屋の前で長屋の女房らしい女が親爺と立ち話をし、子供たちが路地木戸の脇で遊んでいた。江戸のどこの裏路地でもみかける光景である。

藤兵衛は、路地の左右に目をやりながら歩いたが、借家らしい家屋はなかった。

「借家だそうだが、訊いた方が早いな」

「そこの八百屋で訊いてきやすよ」

佐太郎が、路地沿いにあった八百屋に走った。

店先に親爺らしい男がいた。笊《ざる》を手にした長屋の女房らしい女と話をしている。笊には、青菜が入っていた。女は青菜を買いに来て、親爺と立ち話を始めたらしい。

藤兵衛と弥八が路傍に立って待っていると、佐太郎がもどってきた。

「一町ほど行った先に、借家があるそうですぜ。……二本差しが、妾をかこっていたと言ってやしたから、そこですぜ」

佐太郎が早口で言った。

藤兵衛たちは、路地を歩いた。一町ほど歩くと、借家らしい家屋があった。表戸はしまっている。

「あの家だな」

藤兵衛たちは家に近付いた。

戸口に近寄って聞き耳をたてたが、物音も人声も聞こえなかった。ひっそりと静まっている。

「だれもいないようだ」

坂口が言っていたとおり、柴村とお京は家を出たらしい。

「むこうから来る女に、訊いてみやすか」

弥八が言った。

長屋の女房らしい女が、五、六歳と思われる男児《おとこのこ》を連れて歩いてくる。近所の長屋に住む親子かもしれない。

弥八が小走りに女房らしい女に近付き、

「ちょいと、すまねえ」

と、女に声をかけた。

藤兵衛と佐太郎は、すこし離れた路傍に立っている。この場は、弥八にまかせるつもりだった。

「な、なんだい」

女の顔に、警戒するような色が浮いた。見知らぬ男に、いきなり声をかけられたからだろう。女の脇に立った男児は、団栗眼《どんぐりまなこ》を見開いて弥八を見上げている。

「そこに、借家があるな」

弥八が指差して言った。

「あるよ」

「あの家で、二本差しが女をかこっていたのだが、おめえ知ってるかい」

「……知ってるよ」

女の顔から警戒の色は消えなかった。

「でけえ声じゃァ言えねえが、おれは、お京さんの知り合いなのよ。急に、いなくなっちまったんで、どうしたものかと思ってな」

弥八がお京の名を出して言った。

女は弥八の姿をジロッと見て、

「お京さんの知り合いかい」

と言って、口許に薄笑いを浮かべた。お京と弥八のよからぬ関係を連想したのかもしれない。

「まァ、そうだ。……おめえさんは、お京がどこに行ったか知るめえな」

「知らないねえ」

女は首をひねった。女の顔から、警戒の色が消えている。弥八が、お京の知り合いだと言ったのを信じたらしい。

脇に立っている男児は、まだ弥八の顔を見つめている。

「お京は、二本差しといっしょにこの家を出たのかい」

さらに、弥八が訊いた。

「そうらしいよ」

「まさか、ふたりで江戸を離れたんじゃァあるめえな」

「そんなことはないよ。……あたし、一昨日《おととい》、お京さんの姿を見かけたもの」

女の弥八にむけられた目に好奇の色があった。

男児は女の袂《たもと》を引っ張って、その場を離れたいような素振りを見せた。大人の話はおもしろくないのだろう。

「どこで見た」

思わず、弥八の声が大きくなった。

「花川戸町《はなかわどちょう》の大川端だよ」

浅草花川戸町は、浅草寺の東方、大川沿いにひろがっている。

女の話によると、一昨日、親戚の法事があって花川戸町に行ったとき、お京の姿を見かけたという。

「お京は、ひとりだったのか」

「ひとりだったよ」

「旦那とは、別れたのかな」

「そんなことないね。あたし、お京さんが旦那といっしょにここを出るのを見たもの。……あんた、知らないのかい。お京さんは、ここに来る前、花川戸町の料理屋で女中をしてたんだよ」

「そうか。お京は料理屋にもどったのか」

弥八は、柴村も花川戸町にいるような気がした。花川戸町にいなくても、お京は柴村の居所を知っているはずである。

「もどったかどうか知らないけど、花川戸町にいるのはまちがいないね」

女が声をひそめて言った。

「そうかもしれねえ」

弥八は胸の内で、この女、いい御用聞きになれるぜ、と思った。

「おめえ、お京が女中をしてた料理屋の名を知ってるかい」

弥八が声をあらためて訊いた。

「知ってるよ」

女がそう言ったとき、男児が、おっかァ、行こうよ、と声を上げ、つかんだ袂を強く引っ張った。

女は男児の手をつかみ、うるさいねえ、すぐすむから凝としてな、と言って、その場から離れなかった。こうした噂話が好きらしい。

「なんてえ店だい」

「吉川屋《きちかわや》だよ。あの辺りに、料理屋は吉川屋しかないからすぐ分かるよ」

「行ってみるか」

「おまえさん、お京さんの尻を追っかけまわすのは、やめた方がいいよ。噂だけどね、お京さんの旦那は怖い男《ひと》で、平気でひとを斬り殺すそうだよ」

女が眉を寄せて言った。

「旦那には、近付かねえよ」

弥八は、助かったぜ、と言い置いて、女のそばを離れた。

女は路傍に立ったまま男児に、うるさい子だねえ、おっかァが話してるときは、おとなしく待ってるんだよ、と言い聞かせている。

2

「旦那、お京は花川戸町にいるようですぜ」

弥八は女とのやりとりを掻い摘まんで話した。

「さすが、親分だ。うまく、聞き出しやしたね」

佐太郎が感心したように言った。

「ともかく、吉川屋にあたってみるか」

「そうしやしょう」

藤兵衛たち三人は、路地を引き返した。

大川端の道に出て、花川戸町にむかいながら、

「柴村は、まだお京といっしょにいるにちげえねえ」

弥八が目をひからせて言った。獲物を追う猟犬のような目である。

吉川屋は、すぐに分かった。吾妻橋のたもとから大川沿いの道を二町ほど川上にむかって歩いたところにあった。土地に住む者なら、だれもが知っているような老

舗の料理屋である。

藤兵衛たち三人は、吉川屋の近くにあったそば屋に立ち寄り、そばと酒を頼んだ。すでに、昼を過ぎている。

そば屋のあるじにそれとなくお京のことを訊くと、お京が座敷女中をしていたことは覚えていたが、柴村のことは知らなかった。

藤兵衛たちはそば屋を出た後、一刻（二時間）ほどしたら、吾妻橋のたもとにもどることにし、三人は手分けして聞き込むことにした。その方が、三人まとまって聞き込むより埒《らち》が明くはずである。

藤兵衛は吾妻橋のたもとにあった茶店や団子屋などに立ち寄り、吉川屋に女中として勤めていたお京のことを訊いてみた。

団子屋の親爺がお京のことを知っていて、三日前に橋のたもとを歩いているお京の姿を見かけたと口にした。

「お京はひとりだったのか」

藤兵衛が訊いた。

「お武家さまと、いっしょでさァ」

親爺によると、お京は羽織袴姿の武士といっしょに歩いていたという。

……柴村だ！

藤兵衛はすぐに察知した。

親爺は、お京と武士は川沿いの道を川上にむかったらしいと話したが、その他のことは、何も覚えていなかった。

藤兵衛がお京と柴村のことでつかんだことは、それだけだった。一刻ほどして吾妻橋のたもとで待っていると、弥八と佐太郎がもどってきた。

「どうだ、歩きながら話すか」

藤兵衛が、弥八と佐太郎に目をやって言った。

すでに、陽は浅草の家並のむこうに沈みかけていた。千坂道場に帰るまでには暗くなるだろう。それに、橋のたもとで立ち話をしていては、人目につく。

藤兵衛たち三人は、大川端の道を川下にむかって歩いた。材木町に入って間もなく、

「旦那、お京は吉川屋に勤めていたころ、駒形町の長屋に住んでたようですぜ」

佐太郎が意気込んで言った。

「駒形町のどこだい」

弥八が訊いた。

「そこまでは分からねえ」

佐太郎は首をすくめた。

「旦那、あっしも、お京が駒形町に住んでいたことを耳にしやした」

弥八によると、吉川屋の近くの一膳めし屋に立ち寄り、店の親爺から話を聞いたという。

「親爺の話だと、お京は吉川屋に勤めるようになる前、住んでいた長屋の近くの小料理屋で、手伝いをしていたことがあるそうでさァ」

「小料理屋か」

「へい、山吹屋も駒形町にある小料理屋で」

弥八が、藤兵衛に顔をむけて言った。

「そうか！　山吹屋で、お京と柴村は顔を合わせたのか」

山吹屋は、人攫い一味の連絡の場と目されていた。藤兵衛は、女将のお秋は辰蔵の情婦だったと聞いていた。そこに、柴村が顔を出し、たまたまお京が山吹屋に立ち寄り、柴村と知り合ったとしても不思議はない。

柴村はお京が気に入り、お京の勤めている吉川屋にも行くようになった。そして、お京をかこうようになったのだろう。

「そう言えば、お秋はまだ捕らえていなかったな」

藤兵衛は、お秋なら、お京と柴村がどこに身をひそめているか、知っているような気がした。

「坂口に話して、お秋を捕らえてもらうか」

藤兵衛は、お秋を訊問する手もあるとみた。

「あっしは、お秋をお縄にしねえで、泳がせておいた方がいいような気がしやす。お秋をお縄にすれば、柴村とお京を手繰《たぐ》る糸が切れちまうかもしれねえ」

弥八が低い声で言った。

「そうだな」

藤兵衛は、歩きながらうなずいた。

「あっしと佐太郎とで、また山吹屋に張り込んでみやすよ。お京か、柴村が姿を見せるかもしれねえ」

「わしも、張り込みにくわわろうか」

「あっしと、佐太郎でやりやす。旦那に、御用聞きのような真似をさせたんじゃァ、もうしわけねえ」

弥八が言うと、

「お師匠、あっしらにまかせてくだせえ」

佐太郎が声を大きくして言った。

「それなら、ふたりに頼むか」

藤兵衛は、弥八と佐太郎に頼んだ方が確かだと思った。

藤兵衛たち三人が、浅草御蔵の前まで来たとき、浅草寺の暮れ六ツ（午後六時）の鐘が鳴った。

日中は賑やかな奥州街道も、いまは人影がすくなかった。表通りの蔵宿、米問屋なども表戸をしめている。

藤兵衛は久し振りに一日中歩きまわったせいか、疲れていた。今日は千坂道場には行かず、華村で由江とふたりで過ごそうと思った。

藤兵衛は久し振りに、千坂道場の師範座所で、彦四郎と並んで門弟たちの稽古の様子を見ていた。

3

道場内は、激しい稽古の音につつまれていた。気合、竹刀を打ち合う音、床を踏む音などが耳を聾《ろう》するほどに聞こえた。

いま、道場では地稽古《じげいこ》がおこなわれていた。千坂道場では、竹刀で打ち合う試合形式の稽古を地稽古と呼んでいる。

坂口綾之助の姿もあった。人攫い一味の辰蔵たちを捕らえ、監禁されていたお菊たち三人を助け出した後、綾之助は道場に通うようになったのだ。

「綾之助は、張り切っているな」

藤兵衛が目を細めて言った。

「はい、これまで道場で稽古ができなかったので、よけい頑張っているようです」

彦四郎も、綾之助に目をやりながら満足そうな顔をした。

藤兵衛と彦四郎が、門弟たちの稽古に目をやっているとき、里美が姿を見せた。里美は門弟たちの稽古の邪魔にならないように、道場の隅を通って師範座所まで来ると、藤兵衛に身を寄せ、

「弥八さんがみえています」

と、小声で伝えた。

「分かった」

すぐに、藤兵衛は立ち上がった。

藤兵衛は、柴村の居所が知れたのかもしれない、と思った。弥八と佐太郎に、柴村のことが知れたら、千坂道場に来てくれ、と話してあったのだ。

藤兵衛、弥八、佐太郎の三人で、柴村の居所をつきとめるために花川戸町へ出向いてから四日経っていた。藤兵衛は、そろそろ柴村の居所が知れるのではないかと思っていたのである。

藤兵衛は、母屋の縁先で弥八と会った。そばに、佐太郎の姿はなかった。弥八ひとりで来たらしい。

弥八は藤兵衛に勧められて縁先に腰を下ろすと、

「旦那、柴村の居所が知れやしたぜ」

と、声をひそめて言った。

「どこだ」

「やはり、花川戸町でさァ。隠居所のようですぜ」

弥八によると、隠居所は吉川屋から数町川上に歩いた大川端の通り沿いにあるという。

「よく分かったな」

「お京らしい年増が、山吹屋に姿を見せたんでさァ」

その女は山吹屋に入った後、見送りに出てきたお秋と店先で親しそうに言葉を交わしていたので、跡を尾けてみたという。

「通りから、すこし川岸近くに入ったところに、隠居所ふうの仕舞屋がありやしてね。そこに、年増は入ったんでさァ」

弥八が言った。

「柴村は、そこに身を隠していたのだな」

「へい」

弥八と佐太郎は仕舞屋を見張り、小袖に袴姿の武士が姿を見せたのを目にしたそうだ。遠方ではっきりしなかったが、お京が親しそうに話していたので、柴村にまちがいないとみたという。

「佐太郎は」

藤兵衛が訊いた。

「柴村の隠れ家を見張っていやす」

「行くか」

藤兵衛が立ち上がった。

そのとき、里美が盆に載せた湯飲みを手にして縁側に姿を見せた。藤兵衛と弥八に茶を淹れてくれたらしい。

「茶を馳走になってからだな。弥八も、飲んでくれ」

藤兵衛は座りなおした。茶はともかく、藤兵衛には柴村と闘うまえに、里美に話しておくことがあったのだ。

「父上、お出かけですか」

里美が訊いた。

「柴村の居所が知れたのでな、これから立ち合うつもりだ」

藤兵衛がこともなげに言った。

里美の顔色が変わり、

「父上、すぐに彦四郎さまに知らせます」

と、うわずった声で言った。

「呼ばんでいい。いま、稽古中だ」

「でも……」

里美は腰を上げたまま戸惑っている。

「里美に話しておくことがある。彦四郎にも伝えてくれ」

「………」

里美は座りなおした。

「この立ち合いは、わしと柴村の因縁といっていい。まだ里美がお花くらいの年だったころ、わしは柴村と道場で立ち合ったことがあるのだ。そのとき敗れたことを、柴村は遺恨に持ち、あらためてわしに挑んできたらしい」

挑んできたといっても、柴村は立ち合いを望んだのではなく、門弟やお花に手を出すなど卑劣な手段で千坂道場をつぶそうとしたのだ。

「…………！」

里美は息を呑み、藤兵衛を見つめている。

「立ち合いは、どうなるか分からん。わしが後れをとっても、里美も彦四郎もわしの敵を討とうなどと思うなよ。……柴村は人攫い一味のひとりだ。弥八から坂口に話してもらい、捕縛してお上に裁いてもらえばいい」

「で、でも、父上……」

里美が訴えるような目をして藤兵衛を見た。

「ならぬ。柴村がこの道場を執拗に狙ったのは、道場をつぶし、この近くに己の道場をひらくことにあったにちがいない。彦四郎と里美とで、この道場をつづけていくことこそが、敵を討ったことになる」

藤兵衛の声は静かだったが、重いひびきがあった。

里美は何も言わなかった。心配そうな顔をして藤兵衛を見つめている。

「里美、案ずるな。わしは、柴村などに負けはせぬ」

そう言い置いて、藤兵衛は腰を上げた。

藤兵衛と弥八は母屋を出ると、柳原通りに足をむけた。奥州街道に出て、花川戸町にむかうのである。

藤兵衛たちは花川戸町に入り、吉川屋の前を通り過ぎて、さらに川上にむかった。吾妻橋から離れるにしたがって、大川端沿いの道は人影がすくなくなり、通り沿いにある店もまばらになってきた。雑木林や雑草におおわれた空き地などが目につき、野鳥の鳴き声なども聞こえてきた。

「旦那、そこを入るとすぐですぜ」

弥八が松の疎林のなかにある小径《こみち》を指差した。

小径の前まで来ると、突き当たりに隠居所ふうの仕舞屋が目に入った。板塀がまわしてあり、吹き抜け門があった。富商が隠居所に建てたような家である。

「まだ、探ってねえが、辰蔵が隠れ家にするため手に入れた家かもしれやせん」

弥八が小径をたどりながら言った。

4

佐太郎は仕舞屋の板塀に身を寄せ、家の様子をうかがっていた。辺りは静かで、松の疎林の先から大川の流れの音が絶え間なく聞こえてきた。

藤兵衛と弥八は、足音を忍ばせて佐太郎に近寄った。

「柴村はいるか」

藤兵衛が小声で訊いた。

「いやす、お京もいっしょですぜ」

佐太郎によると、柴村とお京、それに下働きの男がいるという。

「佐太郎と弥八とで、お京を捕らえてくれ。柴村は、わしが討つ」

藤兵衛が言うと、弥八と佐太郎は無言でうなずいた。

藤兵衛たちは、吹き抜け門からなかに入った。家のなかから、くぐもったような話し声が聞こえてきた。柴村とお京が話しているらしい。

戸口は引き戸になっていた。すこしあいたままになっている。

「旦那、あけやすぜ」

佐太郎が引き戸をあけた。

狭い土間の先に板敷きの間があり、その奥が座敷になっていた。柴村と年増が座っていた。年増は銚子を手にしている。柴村の膝先に箱膳が置いてあった。柴村は酒を飲んでいたらしい。

「千坂か！」

柴村が叫びざま立ち上がった。

藤兵衛は柴村の顔に見覚えがあった。眉が濃く、頤《おとがい》が張っていた。壮年になっていたが、厳つい顔は若いころのままである。

年増は驚いたような顔をし、土間に入ってきた藤兵衛たちを見すえている。

「柴村、久し振りだな。……人攫いに身を堕《おと》すとはな」

藤兵衛が言った。

「何とでも言え。あのときの遺恨を晴らさねば、腹の虫がおさまらぬ」

「剣の遺恨は、剣で晴らせばよかろう」

「そのつもりだ。おぬしだけは、おれの手で斬るつもりでいたからな」

「ならば、表で立ち合え」

「望むところだ」

柴村は座敷の隅に置いてあった大刀を手にし、腰に帯びた。

「おまえさん！　あたしは、どうすればいいんだい」

年増がひき攣ったような声で言った。

「お京、勝手に逃げろ！」

柴村はそう言い残し、戸口に出てきた。やはり、年増はお京である。

お京は柴村を罵《のの》りながら這って右手へ逃れた。廊下がある。廊下から裏手へ逃げるつもりらしい。

「逃がさねえよ」

弥八が板間に踏み込み、佐太郎がつづいた。

藤兵衛は戸口から出ると、四間ほどの間合を取って柴村と相対した。ふたりとも、まだ抜刀していなかった。両腕を脇に垂らしている。

「柴村、山崎はわしが斬ったぞ」

藤兵衛が言った。

「ならば、山崎の敵も取ってやらねばなるまい」

柴村は左手で刀の鍔元を握り、鯉口を切った。

「山崎とは、どこで知り合った」

藤兵衛も鯉口を切った。

「橘屋だ。辰蔵が、山崎とひき合わせたのだ」

「人攫いで、大金を手にしようとしたらしいが、おぬし、その分け前を何に遣うつもりだったのだ」

三人の娘の身の代金を合わせれば、数千両になろう。柴村にも、相応の分け前が渡されることになっていたはずだ。

「千坂道場をつぶして、近くに道場を建てるための金だ」

言いざま、柴村は右手で柄を握って抜刀した。

「やはり、そうか」

どうやら、柴村はまだ道場を建てる野望を持っていたようだ。

柴村につづいて藤兵衛も抜き、青眼に構えると、剣尖を柴村の目線につけた。

柴村も相青眼に構えた。やや刀身が低く、剣尖が藤兵衛の喉元にむけられている。

……腕を上げたな！

と、藤兵衛はみた。

柴村の構えには隙がなく、腰が据わっていた。剣尖には、そのまま喉元に迫ってくるような威圧感がある。

ただ、藤兵衛が柴村の構えから、腕を上げたと感じ取ったのは、柴村の全身からはなたれている剣気だった。いまにも斬り込んできそうな鋭さがある。おそらく、柴村は多くの真剣勝負の修羅場をくぐってきたのだ。その苛烈な闘いのなかで身に付けたものが、剣気となってはなたれているのであろう。

だが、藤兵衛は臆《おく》さなかった。藤兵衛も、また多くの剣の遣い手と立ち合ってきたのである。

ふたりは相青眼に構えたまま剣尖に気魄をこめ、気で攻め合った。気攻めである。ふたりは塑像のように動かなかった。息詰まるような緊張と、時のとまったような静寂がふたりをつつんでいる。

どれほどの時が流れたのか、ふたりには時の経過の意識はなかった。全神経を敵にむけている。

そのとき、家のなかからお京の悲鳴が聞こえた。弥八たちに押さえられて、叫び声を上げたようだ。

その悲鳴で、藤兵衛と柴村をつつんでいた剣の磁場が裂けた。

ピクッ、と柴村の剣尖が動いた。足裏を摺るようにして、柴村が間合をつめ始めた。その動きに呼応するように、藤兵衛も動いた。趾《あしゆび》を這うように動かし、ジリジリと間合を狭めていく。

間合が狭まるにつれ、ふたりから痺れるような剣気がはなたれ、斬撃の気配が高まってきた。

藤兵衛は、一足一刀の斬撃の間境の一歩手前で寄り身をとめた。気を静めて、柴村の斬撃の起こりを読んでいる。

柴村は斬撃の間境に迫ると、かすかに剣尖を上下させた。敵に、斬撃の起こりを察知されないためである。

ふいに、斬撃の間境の半歩手前で、柴村の寄り身がとまった。刹那、柴村の全身に斬撃の気がはしった。

……くる！

察知した藤兵衛は、わずかに身を引いた。

次の瞬間、柴村の体が躍動し、鋭い気合とともに閃光がはしった。

振りかぶりざま、袈裟へ——。稲妻のような斬撃だった。

間髪を容れず、藤兵衛も刀身を横に払った。一瞬の太刀捌きである。

先に仕掛けた柴村の切っ先が、藤兵衛の肩先をかすめて空を切り、一瞬後れて横に払った藤兵衛の切っ先は、斬りおろした柴村の右の前腕をとらえた。柴村が斬り込もうとした瞬間、藤兵衛がわずかに身を引いたため、柴村の切っ先はとどかなかったのだ。一寸の差で、藤兵衛は柴村の切っ先を見切ったのである。

次の瞬間、ふたりは大きく背後に跳んで間合をとり、相青眼に構えた。

柴村の切っ先が小刻みに震えている。右腕を斬られた柴村は、まともに構えられないのだ。

「柴村、勝負あった！」

藤兵衛が声を上げた。

「まだだ！」

叫びざま、柴村がいきなり摺り足で間合をつめてきた。牽制《けんせい》も気攻めもない。捨て身の攻撃である。

柴村は斬撃の間境に踏み込むや否や、

イヤアッ！

裂帛の気合を発して斬り込んできた。

青眼から振りかぶりざま真っ向へ——。たたきつけるような斬撃だった。だが、斬撃に迅さがなかった。それに、藤兵衛は柴村の斬撃の太刀筋を読んでいた。

藤兵衛は右手に体を寄せざま、刀身を袈裟に払った。一瞬の体捌きである。

藤兵衛の切っ先が、柴村の首筋をとらえた。

シャッ、と、柴村の首から血飛沫《ちしぶき》が噴いた。藤兵衛の切っ先が、柴村の首の血管《ちくだ》を斬ったのだ。

柴村は血を撒《ま》きながらよろめいた。何とか足をとめ、振り返ろうとしたとき、体が大きく揺れ、腰からくずれるように転倒した。

地面に俯せになった柴村は、かすかに四肢を痙攣させていたが、首をもたげようともしなかった。すでに、絶命しているのかもしれない。

藤兵衛は倒れている柴村のそばに身を寄せると、血に塗《まみ》れた姿に目をやり、

……終わったな。

と、胸の内でつぶやいた。

藤兵衛と柴村の長い闘いが、いま終わったのである。

5

「父上、稽古が終わったようですよ」

里美が急須で湯飲みに茶をつぎながら言った。

千坂道場から聞こえていた門弟たちの気合や木刀を打ち合う音などがやんでいた。すでに、午後の稽古が終わって半刻（一時間）ほど過ぎている。残り稽古をしていた門弟たちも、稽古をやめたらしい。

「みんな張り切っていて、わしは付き合いきれんな」

藤兵衛が苦笑いを浮かべて言った。

藤兵衛も午後の稽古のときには、道場で門弟たちの稽古の様子を見ていたのだ。

「爺々さま、わたしと稽古する？」

お花が、藤兵衛に目をむけて訊いた。

「今日はやめておこう」

藤兵衛は、里美が膝先に置いてくれた湯飲みに手を伸ばした。お花も、里美といっしょに午後の稽古のおりは、道場にいたのである。

そのとき、廊下で足音がして障子があき、稽古着姿の彦四郎が姿を見せた。

「義父上《ちちうえ》、坂口どのが道場に見えています」

彦四郎が言った。

「わしに用かな」

「はい、坂口どのはお礼の挨拶に立ち寄ったと申されていますが、こちらにお連れしましょうか」

「いや、わしが道場に行こう」

坂口は事件のことで話しに来たのだろう、と藤兵衛は思った。それなら、道場で彦四郎や永倉といっしょに聞きたかった。

藤兵衛が柴村を斬って、半月ほど過ぎていた。この間、坂口は山吹屋のお秋も捕らえて訊問していた。また、辰蔵や利根造たちの吟味は、吟味方与力の蓮江の手で進められている、と弥八から聞いていた。

藤兵衛が彦四郎とともに道場に行くと、師範座所の近くの床に、坂口と永倉が腰を下ろして何やら話していた。坂口の脇に、弥八と佐太郎の顔もあった。坂口が連れてきたらしい。

坂口たちは、藤兵衛と彦四郎を見ると頭を下げ、

「お師匠、事件の始末があらかたつきましたので、お礼とご報告に上がりました」

坂口が丁寧な口調で言った。

「わしらこそ、坂口に助けられたと思っている」

藤兵衛は道場の床に腰を下ろした。

彦四郎が藤兵衛の脇に座し、坂口たちに顔をむけた。

「その後、辰蔵の子分たちを何人か捕らえたと聞いたが」

藤兵衛が切り出した。

「はい、橘屋の若い衆だった男をふたり、それに山吹屋で包丁人をしていた安次郎《やすじろう》という男を捕らえました」

坂口によると、安次郎は辰蔵とお秋の間の連絡役《つなぎ》をしていたらしいという。

「辰蔵は、長く浅草を縄張《しま》にしていたようだな」

藤兵衛が訊いた。

「お師匠のおっしゃるとおりです」

「ところで、辰蔵だが、口を割ったのか」

藤兵衛は、辰蔵だけが事件のことを訊かれると、口をつぐんでしまい、なかなか自白しない、と弥八から聞いていた。

「ちかごろ、やっと口をひらくようになりました」

坂口によると、辰蔵は子分たちだけでなく、情婦のおれん、山吹屋のお秋までが白状したことを知り、さらに、吟味にあたった蓮江が拷問を臭わせると、観念して話すようになったという。

「それで、商家の娘たちを攫って身の代金を巻き上げようとした一味の頭目だが、辰蔵にまちがいないな」

藤兵衛が念を押すように訊いた。

辰蔵は老齢だった。藤兵衛は、辰蔵が子分たちとともに娘たちを攫ったり、商家に出向いて金を奪ったりするのは無理なような気がしたのだ。

「辰蔵が商家の娘を攫って、身の代金を奪うことを思いつき、陰で子分たちに指図していたようです」

坂口によると、辰蔵は若いころから女衒の辰と呼ばれ、若い娘を誑かしたり、攫ったりして金を手にしてきた。そうしたことから、金のある商家の大事なひとり娘を攫って、身の代金を要求すれば、親たちはいくらでも金を出すと踏んだらしいという。

「悪いやつだな」

「手口は、子分たちに商家のひとり娘を探らせ、娘が店の外に出たときを狙って攫ったそうです」

「そう言えば、お菊も店の外に出たとき、何者かに連れ去られたという話だったな」

「しかも、辰蔵は身の代金を奪った後も、娘を親許に帰す気はなかったようです。ほとぼりが冷めたころ、品川辺りの女郎屋に高く売り付けるつもりだったらしい」

「そうであろうな」

攫った娘を親許に帰す気があれば、自分の住んでいる橘屋の裏店に監禁したりしないはずだ。娘たちが親に話せば、すぐに辰蔵の隠れ家が知れてしまう。

「なんという悪党だ」

永倉が憤慨して言った。

彦四郎も、怒りの色をあらわにしている。

「ところで、辰蔵だが、奪った金で何をしようとしていたのだ」

身の代金だけでも、何千両という大金である。何か目的がなければ、使いきれないだろう。

「奪った金で橘屋の隣りにある料理茶屋を買い取り、橘屋よりさらに大きな女郎屋をひらくつもりだったようです」

「まだ、金儲《かねもう》けをするつもりだったのか。強欲な男だな」

藤兵衛は呆れた。あの歳になって、まだ金儲けのために新たな店をひらこうとしていたという。

「蓮江さまも、呆れておりました」

「欲の皮を突っ張るのもいいが、ほどほどにしておいた方がいい。……結局、辰蔵も子分たちも着の身着のままで捕らえられ、すべてを失うことになったのだからな」

そう言って、藤兵衛が一息つくと、

「坂口どの、捕らえられた者たちの処罰はどうなる」

永倉が坂口に訊いた。

「まだ、吟味中なので確かなことは分からないが、辰蔵と利根造、それに人攫いにくわわった浅吉や猪之助などは、獄門をまぬがれないだろうな」

子分たちは事件にどうかかわったかで、遠島や追放、敲《たたき》など様々だろう、と坂口が話した。

「いずれにしろ、これからは稽古に専念できるわけだな」

藤兵衛がほっとした顔をした。

「そう言えば、ちかごろ、父上はあまり道場に立たれませんね」

彦四郎が、思い出したように言った。

「そ、それは、事件で動きまわっていたからだ」

藤兵衛が声をつまらせた。彦四郎の言うように、ちかごろ藤兵衛は自ら竹刀や木刀を手にして道場に立つことがほとんどなくなっていた。師範座所に座して、門弟たちの稽古の様子を見ているだけである。

「事件の片がついたし、明日からは大師匠にも道場に立っていただけそうだ」

永倉が声を大きくして言うと、

「あっしも、稽古に来やすぜ」

佐太郎が声を上げた。

その佐太郎の声で、男たちの顔がなごんだ。

藤兵衛は、わしも、道場に来たときは稽古で一汗流すか、と胸の内でつぶやいた。

まだ、老け込むのは早い、と思ったのである。

この作品は書き下ろしです。

幻冬舎文庫

●最新刊
そして奔流へ
新・病葉《わくらば》流れて
白川 道

梨田雅之は、ある男に導かれるように魑魅魍魎が蠢く株の世界に飛び込む。負ければ地獄の修羅街道の果てに病葉はどこに辿り着くのか？ 著者急逝のため最終巻となった自伝的賭博小説の傑作！

●最新刊
やりたい事をすべてやる方法
須藤元気

格闘家、作家、俳優、ミュージシャン、世界学生レスリング日本代表監督。なぜ須藤元気は軽やかに転身し続けられるのか？ 奥深い哲学を笑いで包みながら「後悔しない技術」を綴る名エッセイ。

●最新刊
昭和の犬
姫野カオルコ

昭和三十三年生まれの柏木イク。気難しい父親と、娘が犬に咬まれたのを笑う母親と暮らしたあの頃。理不尽な毎日。でも――傍らには時に猫が、いつも犬がいてくれた。第一五〇回直木賞受賞作。

●最新刊
Y氏の妄想録
梁石日《ヤン・ソギル》

定年退職の日を迎えたY氏。だが彼を待っていたのは、社会からも家族からも必要とされないという疎外感。しかも暴力バーで七十五万円も請求され、見知らぬ老人の屋敷で白骨を見つけてしまう。

●最新刊
開店休業
吉本隆明
ハルノ宵子

母にねだった塩おにぎり、少年期の大好物焼き蓮根。食を通じて蘇る記憶はどれも鮮やかに家族の日常を浮かび上がらせる。あわせて長女ハルノ宵子が晩年の父を瑞々しく綴る、珠玉の食エッセイ。

剣客春秋親子草《けんかくしゅんじゅうおやこぐさ》

遺恨《いこん》の剣《けん》

鳥羽亮《とばりょう》

平成27年12月5日　初版発行

発行人――石原正康
編集人――袖山満一子
発行所――株式会社幻冬舎
〒151-0051東京都渋谷区千駄ヶ谷4-9-7
電話　03(5411)6222(営業)
　　　03(5411)6211(編集)
　　振替00120-8-767643
印刷・製本―株式会社 光邦
装丁者――高橋雅之

幻冬舎時代小説文庫

ISBN978-4-344-42425-8　C0193　と-2-33

幻冬舎ホームページアドレス　http://www.gentosha.co.jp/
この本に関するご意見・ご感想をメールでお寄せいただく場合は、
comment@gentosha.co.jpまで。